U0754632

胡萝卜须

[法] 儒勒·列那尔 —— 著　　蒋诗萌 —— 译

Poil de Carotte

北方联合出版传媒(集团)股份有限公司
万卷出版有限责任公司

ⓒ 儒勒·列那尔 2022

图书在版编目（CIP）数据

胡萝卜须 / (法) 儒勒·列那尔著；蒋诗萌译. —
沈阳：万卷出版有限责任公司，2022.8
ISBN 978-7-5470-5974-6

Ⅰ.①胡… Ⅱ.①儒… ②蒋… Ⅲ.①儿童小说—长
篇小说—法国—近代 Ⅳ.①I565.84

中国版本图书馆CIP数据核字（2022）第073262号

出 品 人：王维良
出版发行：北方联合出版传媒（集团）股份有限公司
　　　　　万卷出版有限责任公司
　　　　　（地址：沈阳市和平区十一纬路29号　邮编：110003）
印 刷 者：辽宁新华印务有限公司
经 销 者：全国新华书店
幅面尺寸：145mm×210mm
字　　数：150千字
印　　张：7.5
出版时间：2022年8月第1版
印刷时间：2022年8月第1次印刷
责任编辑：王　越
责任校对：张　莹
封面设计：仙　境
版式设计：李英辉
ISBN 978-7-5470-5974-6
定　　价：38.00元
联系电话：024-23284090
传　　真：024-23284448

常年法律顾问：王　伟　版权所有　侵权必究　举报电话：024-23284090
如有印装质量问题，请与印刷厂联系。联系电话：024-31255233

目录

Contents

—— 献给方泰克和芭伊①

---

① 儒勒·列那尔的儿子和女儿。

母鸡

"我打赌，"勒比克夫人说，"奥诺莉娜一定又忘了关鸡棚门。"

没错。人们从窗户就能看到这个情况。在院子那头，鸡棚在黑夜里露出方形的轮廓，门大敞着。

"菲力克斯，你能去把鸡棚门关上吗？"勒比克夫人向她三个孩子中最大的那个问道。

"我可没工夫管那些母鸡。"菲力克斯说，他面色苍白，看上去无精打采又懦弱。

"你呢，艾尔奈丝蒂娜？"

"哦，我啊，妈妈，我好害怕！"

哥哥菲力克斯和姐姐艾尔奈丝蒂娜回答的时候头都没抬一下。他们正用胳膊肘支着桌子，兴致勃勃地看着书，两个脑门都快要挨到一块去了。

"上帝啊，我真傻！"勒比克夫人说，"我怎么没想到，胡萝卜须，去关上鸡棚门！"

"胡萝卜须"是她对小儿子的昵称，因为他长着一头红头发，脸上也满是雀斑。胡萝卜须这时正在桌子下面，什么也没玩，他站起来胆怯地说："可是，妈妈，我也害怕。"

"什么？"勒比克夫人说，"一个像你一样的大小伙子！这太好笑了。快点吧！"

"我们了解他，他就像公山羊一样勇敢。"姐姐艾尔奈丝蒂娜说。

"他无所畏惧。"哥哥菲力克斯补充道。

这些赞美之词让胡萝卜须有些骄傲，他为自己配不上这些赞美的话感到羞愧，与内心中的怯懦做着斗争。
为了让他下定决心，妈妈说要给他一耳光。

"至少给我照着亮吧。"他说。

勒比克夫人耸了耸肩，菲力克斯轻蔑地笑了笑。只
有艾尔奈丝蒂娜觉得弟弟可怜，拿了根蜡烛陪着他走到
走廊尽头。

"我在这等着你。"她说。

但是她立刻就飞奔回去了，惊魂不定，因为一阵风
吹来，烛光晃了晃，熄灭了。

胡萝卜须在黑暗中开始发抖，他双腿黏在一起，脚跟
像被种在了地上。黑暗如此深邃，他感觉自己像个盲人。
不时有风吹过来，就像一张冷冰冰的大床单，要把他裹
起来带走。往他的手指头和脸颊上吹气的会不会是狐狸和
狼？还是快点吧，他估摸着鸡棚的方向，大步跑去，头朝
前伸着，好像要冲破这片黑暗。他摸索着，摸到了鸡棚门
上的钩子。母鸡们被他的脚步声惊吓到了，都咯咯叫着，
在蹬架上胡乱扑腾。胡萝卜须冲它们喊道：

"你们都别叫了，是我！"

他关上门，转身飞快地往回跑，腿和胳膊上就好

像长了翅膀似的。当他喘着粗气，骄傲地回到了明亮又温暖的屋子里，他觉得自己身上这满是泥浆和雨水的破衣服都变得轻盈了，像新衣服一样。他微笑着，站得笔直，期待着大家的赞许，现在他安全了，他在家人的脸上寻找着他们曾为他担忧的表情。

然而，哥哥菲力克斯和姐姐艾尔奈丝蒂娜还在安静地阅读，勒比克夫人用再平常不过的声音说道：

"胡萝卜须，你以后每个晚上都去关鸡棚门。"

山鹑

　　和往常一样，勒比克夫人把猎袋朝桌子上一倒，两只山鹑从里面掉了出来。哥哥菲力克斯在墙上的一块石板上记录下这两只猎物。这是他负责的事情。每个孩子都有自己的职责。姐姐艾尔奈丝蒂娜负责剥皮和拔毛。至于胡萝卜须，他专门负责让受伤的猎物咽气，只因他那众所周知的铁石心肠。

两只山鹑扑腾着，扭着脖子。

勒比克夫人："你怎么还不把它们弄死啊？"

胡萝卜须："妈妈，我也希望能轮到我在石板上做记录。"

勒比克夫人："石板对你来说太高了。"

胡萝卜须："那我也愿意负责拔毛。"

勒比克夫人："这不是男人干的活儿。"

胡萝卜须拿起这两只山鹑。大家积极地告诉他应该怎么做：

"抓住它们这里，你知道的，脖子这，逆着毛抓。"

他一手抓住了一只，手背在后面，开始干活儿了。

勒比克先生："好家伙，两只一起啊！"

胡萝卜须："为了能快点儿。"

勒比克夫人："别摆出一副心软的样子，你乐在其中呢。"

两只山鹑挣扎着，抽搐着扑腾翅膀，羽毛落了一地。它们才不想死呢。为了让它们不乱动，他把它们放在两个膝盖中间，满头大汗，脸上红一阵白一阵，头抬得高高的好不去看它们。他更使劲儿了。

山鹑还顽强地抗争着。

一股怒意袭来，他想早点把它们解决掉，于是拎起鸟爪子往下摔去。

"哦！刽子手！刽子手！"哥哥菲力克斯和姐姐艾尔奈丝蒂娜叫道。

"他的做法太残忍了，"勒比克夫人说，"可怜的东西！我可不想像它们一样落到他手心里。"

勒比克先生虽然是个老猎手，也感到有点心里不舒服。

"好了！"胡萝卜须说着，把两只死山鹑扔到桌子上。

勒比克夫人翻来覆去地看了看。两只鸟彻底死了，血流出来了，还有一点脑浆。

"应该早点把它们从他手里抢过来，"她说，"这弄得多脏啊！"

哥哥菲力克斯说："是啊，他这次不像以往那样麻利。"

C'EST LE CHIEN

这只狗

勒比克先生和姐姐艾尔奈丝蒂娜支着胳膊肘在台灯下阅读，一个在读报，一个在看学校奖给她的书；勒比克夫人在做毛线活儿，哥哥菲力克斯在炉火旁烤腿，胡萝卜须坐在地上，在想着什么事情。

突然，睡在门毡子下的狗皮拉姆，发出一声深沉的咆哮。

"嘘！"勒比克先生说。

皮拉姆却咆哮得更厉害了。

"蠢蛋！"勒比克夫人说。

皮拉姆的狂吠把每个人都惊吓得跳了起来。勒比克夫人把手捂在心脏上。勒比克先生斜眼瞟向那只狗，咬着牙。哥哥菲力克斯咒骂着它，这会儿，家里乱作一团，吵闹得连说话声都听不见了。

"你能不能闭嘴，臭狗！闭嘴，该死！"

皮拉姆更变本加厉了。勒比克夫人给了它几巴掌。勒比克先生也用报纸打它，又用脚踢它。皮拉姆被打怕了，肚子贴在地上，垂着鼻子，用嘴撕咬着毡子，还在一阵阵地吠叫着，嗓子都叫哑了。

窗户玻璃被震得吱吱作响，火炉烟管咣当乱颤，连姐姐艾尔奈丝蒂娜都尖叫了起来。

胡萝卜须呢，他起身，主动去察看情况了，虽然没人要求他这么做。也许只是一个晚归回家的农场短工从街上路过，只要他不翻墙进院子来偷东西就行。

胡萝卜须沿着又黑又长的走廊往前走，把胳膊往前伸得直直的，直到他摸到门闩，故意把它大声拉开，但始终没有推开门。

要是在以前，他会到外面去，吹哨子，大声叫嚷，跺脚，努力吓退敌人。

但是今天，他作弊了。

此刻，他的父母还以为他正在家里家外的各个角落忠实地巡逻呢，然而他骗了他们，他只是躲藏在大门后面。

或许，某天他会被抓住，不过，一直以来这个小聪明还没有被人识破过。

现在可不能打喷嚏或者发出咳嗽声。他屏住呼吸，抬眼从门上方的小窗户向外望去，三四颗寒星闪烁着，让他浑身发凉。

然而，还是到了该回去的时候。他不能出来太久，否则家人们会起疑的。

他重新用纤弱的小手抓住沉重的门闩，使劲摇晃着，把它插进生锈的锁沟里面，哐当一声，一插到底。这个大的响动，会让大家以为他从老远的地方回来而且已经完成了巡逻！胡萝卜须这样开心地想着，快跑着回了房间。

不过，就像上次一样，在他离开的时候，皮拉姆已经停止了吠叫，恢复宁静的勒比克一家都在他们习惯的位置上，尽管没人问他什么，胡萝卜须还是习惯性地说道："是这只狗搞错了。"

LE CAUCHEMAR

噩 梦

胡萝卜须不喜欢家人的朋友来做客：他们会捉弄他，霸占他的床，使得他不得不和自己的母亲一起睡。然而，如果说白天他有各种毛病，那么他晚上的毛病就只有打呼噜，他的母亲总是认为他是故意的。

即使是八月份，大卧室里也是冷冰冰的。那儿有两张床，一张是勒比克先生的，另一张是胡萝卜须和他母亲的，他睡在里侧。

睡觉之前，他在被窝里面小声地咳嗽，清了清嗓子。但或许，人是用鼻子打呼噜吧？他轻轻地用鼻孔出气，确保鼻子没有被鼻涕堵住，还小心翼翼地练习着让呼吸声不要太重。

但是当他睡着时，他就会打呼噜。这好像是他的癖好。

每当这个时候，勒比克夫人就会立刻伸出两根手指，在胡萝卜须屁股上肉最多的地方掐下去。这是她的偏方。

胡萝卜须的叫声把勒比克先生吓醒了，他问道："怎么了？"

"他做噩梦了。"勒比克夫人说。

然后，她像奶妈哄孩子似的，哼唱起一首印度传统摇篮曲。

胡萝卜须的脸和膝盖都对着墙壁，双手放在屁股上来抵挡一打呼噜就会招致的拧掐。他在大床上又睡了，在他母亲身边，床的最里面。

SAUF VOTRE RESPECT

对不起

能这样说吗，应该这样说吗？在别的孩子领圣餐的年龄，他们的身心都是那么洁净，而胡萝卜须却脏兮兮的。一天夜里，他憋了很久，却不敢出声。

他在床上扭来扭去，希望把这不自在的感觉压下去。

这是一个多么自负的想法啊！

某一天晚上，他正熟睡着，梦见自己站在一块石碑的边上，便很愉快地尿在了上面。然后，他醒了。

他惊恐地发现没有什么石碑！

勒比克夫人抑制住自己的怒火。她平静而宽容，慈母般地清理了褥单。甚至第二天早上，胡萝卜须还像个受宠溺的孩子一样，在床上吃了早餐。

是的，勒比克夫人把汤端到了床前，这是一份精心准备的汤，她还用一把小木铲在里边掺了一点东西进去，哦，就掺了一点儿！

此时，哥哥菲力克斯和姐姐艾尔奈丝蒂娜正不怀好意地观察着胡萝卜须，好像马上就要笑出声来。勒比克夫人一小勺一小勺地把食物喂给她的孩子，还瞥了哥哥菲力克斯和姐姐艾尔奈丝蒂娜一眼，好像暗示着："注意了！准备好了！"

"是的，妈妈。"

其实，他们早就提前准备好了做鬼脸，拿胡萝卜须的糗事寻开心。要是能再邀请几个邻居就好了！最后，勒比克夫人又朝哥哥姐姐使了一个眼色，好像在问他们："准备好了吗？"然后轻轻地，轻轻地把最后一勺汤舀起来，送到胡萝卜须大张着的嘴边，硬生生地塞到喉咙那里，厌恶地对他说道："啊！我的小脏货，你吃了，你吃了，你吃下去了你昨天自己的尿。"

"我猜到了。"胡萝卜须平静地回答道，并没有露出大家期待看到的表情。

他对此早已习惯，而当人已经习惯于一样事情时，这件事就一点也不好玩了。

LE POT

尿 罐

（一）

因为胡萝卜须已经遭遇过不止一次这样的悲剧了，所以他每晚睡前会十分小心地采取预防措施。夏天时还好，九点钟，勒比克夫人让他去睡觉时，胡萝卜须会主动去外面转上一圈；这样他能度过一个安稳的夜晚。

冬天，这种散步就成了苦差事。夜幕降临时，他关上了鸡棚门便去散步，但是没用的，他没法指望自己能一直憋到第二天早上。大家吃完饭，聊完天，九点的钟声响了，夜晚如此漫长，无休无尽地延续着。胡萝卜须得采取点别的预防措施。

这天晚上，就像所有晚上一样，他问自己："我想去尿吗？"他自问自答："我不想去尿吗？"

通常，他都会回答"是"，或许是因为他真的无路可退，或许是因为月亮的光辉给了他勇气。有时候，勒比克先生和哥哥菲力克斯也会给他做榜样。其实，他也不是必须得到远离房子的旷野里尿尿。很多时候，他都是走到楼梯下面就停下了；这是分情况的。

但是，这个晚上，雨点拍击着窗户，狂风遮蔽了星光，胡杨树在风中呜呜地叫着。

"好，"胡萝卜须经过深思熟虑后道，"今天，我不想去尿了。"

他跟所有人说了晚安，点亮了一支蜡烛，回到楼梯尽头右手边他那空荡冷清的房间。他脱了衣服，躺下来等着勒比克夫人来检查。勒比克夫人进来了，帮他把被子掖好，吹灭了蜡烛。她给他留下了蜡烛，却没留下火柴，还用钥匙锁住了门，因为知道他胆小。一开始，胡萝卜须很享受独处的快乐：他在黑暗里遐想，自娱自乐；他回顾了自己的一天，庆幸着，总算能逃过母亲的责骂，也祈祷着明天还能有同样的运气。胡萝卜须想着，再过两天，勒比克夫人就不会注意到他了，便试着怀揣这个美梦入眠了。

然而，他刚刚合上眼睛，一种熟悉的不适感却再次袭来。

"看来，该来的还是来了。"胡萝卜须对自己说。

要是换作别人，这时候肯定会起身了。但是胡萝卜须知道床底下没有尿罐。尽管勒比克夫人会发誓说肯定有，然而她总会忘记放上一个。再说了，既然胡萝卜须都已经采取好预防措施，这个尿罐又有什么用呢？

胡萝卜须一直这样推理着，没有下床。

"迟早我都会憋不住的，"他对自己说，"不过，我越坚持下去，攒的尿就越多。但是如果我立刻就尿了，我就只尿出了一点，这样的话，我的褥单就有时间被我的体温烘干了。我确定，根据以往的经验来看，妈妈是一丁点也不会看到的。"

胡萝卜须终于放松了下来，安心地又闭上了眼睛，开始睡起了大觉。

（二）

突然，他醒了，听了听自己的肚子。

"哦！哦！"他对自己说，"糟了！"

刚才他还以为自己没事了，运气是真好。谁知，他昨天晚上因为懒惰而犯下了错，真正的惩罚要来临了。

他坐在床上，尽力思考着。门被锁上了，窗户上也有铁栏杆。出去是不可能的。

不过，他还是起身去试着摸了摸门锁和窗上的铁栏。他趴在地上，把手伸到床下到处寻找了一番他明知不存在的尿罐。

他躺下了，又起来，在床上翻来翻去，下地走来走去，跺脚顿足，也不想继续睡觉了。他的两个拳头按在肚子上，想把胀大的肚子按下去。

"妈妈！妈妈！"他小声地叫道，怕被她听到。因为如果勒比克夫人突然出现了，胡萝卜须就立刻什么都好了，这样的话好像是在捉弄她。他之所以这样做，只是不用在明天早上撒谎了，因为自己真的已经叫过她了。

再说了，他怎么能大叫得出来呢？现在，他所有的力气都用来延迟灾难的发生！

不一会儿，一阵强烈的痛感让胡萝卜须胡乱地打起滚儿来。他一会儿撞在墙上被弹了回来，一会儿撞在床边的铁栏上；一会儿撞在椅子上，一会儿又撞在壁炉上。突然，他猛地把壁炉上的挡板掀开，蹲了下去……他扭曲的身体还是输给了生理需求，但却感到十分幸福、愉悦。

此时，房间里的夜更深了。

（三）

直到天亮，胡萝卜须才睡着，却难得地睡了个大懒觉。当勒比克夫人推开门时，她的表情很怪，好像觉察到什么不对劲。

"真奇怪的气味！"她说。

"早上好，妈妈。"胡萝卜须说。

勒比克夫人掀开褥单，在房间各个角落嗅着，很快就发现了他的秘密。

"我身体不舒服，还没有尿罐。"胡萝卜须赶紧解释说，他觉得这是最好的自保办法。

"骗子！骗子！"勒比克夫人说。

她跑了出去，偷着带了一个尿罐进来，敏捷地把它放到了床底下，然后把胡萝卜须拖下床，叫来了全家，大喊道：

"我做了什么对不起苍天的事啊，让我有这样一个孩子啊？"

然后，她拿来了抹布和一桶水，像要灭火似的把水泼进壁炉里；她抖动着褥单，一边忙活一边抱怨着："要透气啊！透气！"

她又指着胡萝卜须的鼻子比画道：

"倒霉鬼！你现在越来越不懂事了！你干的都不是人事了！给牲口一个尿罐，它还会用呢。可你，你竟然想在壁炉里打滚儿。你真是要给我气傻，给我气死，气疯了，气疯了，气疯了！"

胡萝卜须穿着睡衣，光着脚，看着这个尿罐。昨晚，这里明明没有尿罐，而现在这里却有一个，而且就在床脚下。这只洁白的空尿罐让他感到一阵目眩，如果他还要说没看到的话，可就太厚脸皮了。

此时，垂头丧气的家人们，拥过来看热闹的邻居们，连同刚到的邮递员，都在缠着他，问了他一大堆问题。

"实话说！"胡萝卜须看着尿罐说道，"我也什么都不知道了。你们随便怎么想吧。"

兔子

　　"没给你留甜瓜，"勒比克夫人说，"反正你和我一样不喜欢甜瓜。"

　　"正好。"胡萝卜须对自己说。

　　胡萝卜须喜欢什么，不喜欢什么，都是家人强加于他的；他只应该喜欢他母亲喜欢的东西。当奶酪摆上桌时：

"我非常确定，"勒比克夫人说，"胡萝卜须不会吃的。"

胡萝卜须想道："既然她都很确定了，那就没必要尝试了。"

另外，他也知道尝试是很危险的行为。

难道他没时间去那个只有自己知道的地方吃几口自己"不喜欢"吃的东西吗？在吃餐后甜点时，勒比克夫人对他说："把这些甜瓜拿去给你的兔子吧。"

胡萝卜须小步走着，小心翼翼地端着盘子，生怕什么东西掉下来。

他一进兔棚里，兔子们就朝他跑了过来。它们耳朵贴着耳朵，鼻子仰在空中，前肢伸得直直的，好像要打鼓似的，满心欢迎地围住了他。

"哦！稍等，"胡萝卜须说，"请你们等一下，我们来分着吃。"

他先坐在一堆兔子屎、啃到根的金光草、白菜梗和锦葵叶上面，又把甜瓜籽先分给兔子，然后才开始吃甜瓜，这甜瓜就像甜酒一样甜。

然后，他又用牙齿把家人们留在瓜皮上的黄色的甜

蜜的瓜瓤啃干净，把能吃的地方都吃了，然后把绿色的
瓜皮抛向围了他一圈的兔子们的身后。

　　小兔棚的门是关着的。

　　午后的阳光从瓦片间的窟窿中投射下来，斑驳的光
洒在清凉的阴影上。

十字镐

　　哥哥菲力克斯和胡萝卜须在肩并肩地干活。每人手里都有一把十字镐。哥哥菲力克斯那把是在铁匠店里量身定制的，是铁的。胡萝卜须那把是他自己做的，是木头的。他们俩在院子里比赛着干活，热火朝天。突然，就在胡萝卜须觉得快干完的时候（一般在这个时候，灾祸会发生），他的额头突然挨了一镐。

不一会儿，大家就把哥哥菲力克斯抬走了，把他小心地放到床上。原来，他因为看到弟弟额头上的血，吓得晕了过去。全家人都站在他的床边，满是担忧，长吁短叹的，连走路都踮着脚。

"盐在哪里？"

"你们再拿些凉水过来，湿敷太阳穴。"

而胡萝卜须现在则站在一把椅子上，这样才能越过家人们的肩膀、脑袋，从缝隙里看看情况。此时，他头上缠的布已经染透了，血还在不断渗出来。

勒比克夫人对他说："你可真厉害，好好地居然把自己打了一顿！"

姐姐艾尔奈丝蒂娜一边帮他包扎伤口，一边说："这镐就好像打进了闷葫芦里一样。"

他没有喊出声，因为他明白，喊疼是没什么用的。

不过，现在哥哥菲力克斯睁开了一只眼睛，又睁开了另一只眼睛。他的恐惧消失了，他的脸又逐渐恢复了血色，家人们心中的忧虑和恐慌也都散去了。

"你总是这样！"勒比克夫人对胡萝卜须说，"你就不能注意点儿，你个小蠢货！"

卡宾枪

勒比克先生对两个儿子说："你们两个用一只卡宾枪就够了。兄弟间要学会分享。"

"是的，爸爸。"哥哥菲力克斯回答道，"我们一起用这支卡宾枪。只要胡萝卜须偶尔给我用一下就行。"

胡萝卜须没说行，也没说不行，只觉得哪里好像不对劲。

勒比克先生把卡宾枪从绿色的枪套里拿了出来，问道："你们中谁先背它？应该是哥哥吧。"

大哥菲力克斯："我把这份荣誉让给胡萝卜须好了。他先来吧！"

勒比克先生："菲力克斯，你这样的行为非常友好。我会记住你的。"

于是，勒比克先生把卡宾枪挂在了胡萝卜须的肩膀上。

勒比克先生："好了，孩子们，去玩吧，不要吵架。"

胡萝卜须："要带上狗吗？"

勒比克先生："不用。你们轮流去干狗要干的活儿就行了。像你们这样的猎人，一枪就能打死猎物的，用不着狗。"

胡萝卜须和大哥菲力克斯走远了。他们的衣服很简单，就和平时穿的一样，只是因为没有靴子，他们都觉得有点遗憾，但是勒比克先生告诉他们说，真正的猎人是不屑于穿靴子的；真正猎人的短裤总是耷拉到脚后跟上，就算这样他也从不会把裤腿卷起来，他走啊走，走在泥泞的田地里，就有了一双天然的靴子，这靴子一直高到膝盖，而且还十分牢固，连仆人都不许随意动它。

"我想你不会空手而归的。"大哥菲力克斯说。

"希望如此。"胡萝卜须说，他的肩膀有点痒了，不想再继续扛着枪了。

"啊！"大哥菲力克斯说，"我得让你扛个够！"

"你是我哥哥。"胡萝卜须说。

当一群麻雀飞过时，他停了下来，示意大哥菲力克斯不要再动了。这群麻雀从一片篱笆上飞到另一片上去了，两个猎人弯着腰，蹑手蹑脚地靠近它们。可是这群鸟没有停留片刻，便叽叽喳喳地叫着，又去别处栖息了。两个猎人重新立直了腰，大哥菲力克斯咒骂着。胡萝卜须虽然心跳得厉害，却没有表现得不耐烦，因为，展示他本领的时候就要来了。

如果打不中呢？每次机会的延迟都让他感到轻松。

但是，这次，麻雀们好像在等着他。

大哥菲力克斯："别开枪，你离得太远了。"

胡萝卜须："你觉得远？"

大哥菲力克斯："当然！我们离得太远了。"

大哥菲力克斯干脆通过暴露自己来证明他是对的。麻雀们被吓到了，全都飞走了。

但是，还剩了一只麻雀，它摇摇晃晃地站在一根树梢上，把枝条都压弯了；它上下翘着小尾巴，摇晃着小脑袋，还挺着小肚子。

胡萝卜须："真的，我能打中它，就这只，我确定。"

大哥菲力克斯："一边看着去！是的，没错，现在这个机会不错。快，把你的枪给我。"

于是，胡萝卜须空着手，没了枪，打了个哈欠。而在他的前面，大哥菲力克斯把枪架好，瞄准，射击，麻雀被击中了。

这一切就像魔术师变戏法一样。胡萝卜须刚才还把枪紧紧地搂在胸口。突然，枪不见了，而现在，枪又回来了，因为大哥菲力克斯刚刚又把枪还给了他，还像猎狗一样跑去捡麻雀，说道："你有完没完？你快点过来。"

胡萝卜须："多快？"

大哥菲力克斯："好吧，你在赌气！"

胡萝卜须："当然，你还想让我唱歌吗？"

大哥菲力克斯："反正我们也打到麻雀了，你还抱怨什么呢？我们可差点错过它了。"

胡萝卜须："哦！我……"

大哥菲力克斯："你打，我打，这都一样。我今天打死它，你明天打死它。"

胡萝卜须："啊！明天。"

大哥菲力克斯："我向你保证。"

胡萝卜须："我知道！昨天晚上你还向我保证了呢。"

大哥菲力克斯："我向你发誓，你满意了吧？"

胡萝卜须："好吧！……但是如果我们现在找到另外一只麻雀，我就能试下这只卡宾枪了。"

大哥菲力克斯："不，太晚了。我们回去吧，好让妈妈把这只做了吃。我把它给你，把它塞到你的口袋里吧，看，这个肥鸟，你得把它的嘴露在外面。"

于是，两个猎人往家走了。有时，他们会遇到一个农夫向他们打招呼："小伙子们，你们没把父亲打死吧？"

听到了奉承的话后，胡萝卜须忘记了怨恨。他们回到家，和好如初，一副胜利者的样子。勒比克先生看到他俩时，惊讶地说："怎么，胡萝卜须，你还背着这支卡宾枪呢！你一直背着它吗？"

"差不多吧。"胡萝卜须说。

鼹鼠

胡萝卜须在路上发现了一只鼹鼠，它长得真黑，就像个通烟囱的。当他玩了一会儿后，就把它扔到空中，来来回回好几次，想着法地让它正好掉在一块石头上。

一开始，一切进展得顺利。

鼹鼠的爪子断了，脑袋裂了，背也折了，看起来已经没命了。

然后，胡萝卜须震惊地发现，它居然还没死。他真是白把它抛得比房顶还高了，都快到天上了，可它还是不死。

"好家伙！它还没死。"他说。

在沾染上血迹的石头上，鼹鼠在抽搐着，肚子在颤抖着，给人以一种它还活着的假象。

"好家伙！"胡萝卜须猛烈地喊道，"它还没死！"

他把它拎起来辱骂着，换了方法。

他满脸通红，眼里含泪，吐了口唾沫，用尽全身力气把它扔向那块石头。

但是鼹鼠的肚子还在颤动着。

胡萝卜须越是愤怒地拍打鼹鼠，鼹鼠越不像死了的样子。

苜蓿

胡萝卜须和大哥菲力克斯结束了晚祷，急赶着回家，因为四点钟是吃下午茶的时间。

大哥菲力克斯会得到一块抹了黄油或是果酱的面包片，胡萝卜须只会得到一片面包片，因为他太想成为大人了，公开宣称说自己不会馋嘴。他喜欢原味的东西，总是心满意足地嚼着他的干面包，今天晚上也是，他比大哥菲力克斯走得还快，好让自己能第一个吃到。

有时，干面包很硬。于是，胡萝卜须趴在干面包上面——那架势就好像在进攻一个敌人一样——他紧紧地抓住它，用牙齿咬它，用脑袋撞它，直到把它弄碎，碎块飞得四处都是。此时，他的父母在他旁边，饶有兴致地看着他。

他那鸵鸟一样的胃能消化石头和长了铜锈的硬币。

总之，他总是表现得自己很好养活。

他用手拉了拉门闩。门是锁着的。

"我猜，我们的父母不在家。你用脚踢踢试试。"他说。

大哥菲力克斯嘴里骂着脏话，猛地冲向钉着铁钉的沉重大门，大门咣当直响。然后，他俩一起使出浑身力气，朝大门撞去，结果两人肩膀都撞伤了，也无济于事。

胡萝卜须："确实，他们不在家。"

大哥菲力克斯："可是他们去哪儿了？"

胡萝卜须："我们不可能什么都知道。我们坐下吧。"

屁股坐在冰冷的台阶上，他们感到一阵不寻常的饥饿感。两人打着哈欠，用手捶着胸口来表达自己的愤怒。

大哥菲力克斯："如果他们能知道我在等他们就好了！"

胡萝卜须："可我们能做的事情就只有等着了。"

大哥菲力克斯："我不等他们了。我可不想饿死。我现在就要吃东西，什么都行，草也行。"

胡萝卜须："吃草！这倒是个主意，而且我们父母一定想不到。"

大哥菲力克斯："当然啰！我们平时也吃生菜沙拉。比如，我们两个可以吃苜蓿，它和生菜一样嫩。它们吃起来就像是没有放油和醋的生菜沙拉。"

胡萝卜须："我们还不用搅拌它了。"

大哥菲力克斯："你想不想打赌，我能吃苜蓿，而你不会吃？"

胡萝卜须："为什么是你吃而不是我吃？"

大哥菲力克斯："不开玩笑，你赌不赌？"

胡萝卜须："但是，咱们每人先跟邻居要一片加了凝乳的面包来赶跑饥饿，怎么样？"

大哥菲力克斯："我还是更喜欢苜蓿。"

胡萝卜须："我们走！"

没多一会儿，苜蓿田就展露在他俩眼前了，一片油绿，很美味的样子。一进田里，他俩就踩着柔嫩的苜蓿枝叶，在窄窄的小路上走着，不时发出惊叫：

"是什么野兽从这里经过了呢？"

一阵清凉感穿过他们的短裤钻进小腿肚，麻酥酥的感觉不断袭来。

他们在苜蓿田中间停了下来，趴在了地上。

"真舒服呀。"大哥菲力克斯说。

他俩的脸被草刮得痒痒的，又大笑了起来，就好像回到了以前他们同在一张床上睡觉的时光。每当这个时候，勒比克先生就会在隔壁房间喊道：

"你们还睡觉吗，臭小子们？"

他俩忘记了饥饿，开始在田里像水手一样游泳玩，一会儿狗刨，一会儿蛙泳。他们游泳的时候，只有两个脑袋浮在外面。他们用手劈，用脚蹬着这些易碎的绿色波浪，手脚所到之处，水草都被搅碎了，再也不会合拢了。

"它们都到我下巴这儿了。"大哥菲力克斯说。

"看我怎么往前游。"胡萝卜须说。

他们决定歇一会儿，安静地享受他们的幸福时光。

他们用胳膊肘支着身子，目光追随着地面上因为鼹鼠挖掘而隆起来的长长的痕迹，它们曲折蜿蜒，就像老人皮肤上凸起的血管；这些土痕时而消失在视野中，时而又从一片空地上冒出来。菟丝子正在伸展着它那红棕色的细丝状的卷须，侵蚀着苜蓿草。鼹鼠洞就像堆起的茅屋，俨然一片印第安风格的微型村落。

"不玩这个了，"大哥菲力克斯说，"我们开吃吧。我先来。注意别碰我这块儿。"说完，他伸出胳膊，画了一个圆圈。

"剩下的够我吃了。"胡萝卜须说。

两个脑袋消失了。谁能猜到他俩在做什么呢？

风轻柔地吹来，把苜蓿薄薄的叶片掀起，露出灰白色的背面。整个苜蓿田都在轻声荡漾。

大哥菲力克斯像抱草料那样抓起一大捧，把头埋进草里，假装在大快朵颐，模仿着一头正忙着填饱肚子的没有经验的小牛的咀嚼声。他假装什么都吃，好像连根也不放过，胡萝卜须信以为真，但吃得更讲究一些，只挑些好叶子来嚼。

为什么要着急呢？

这桌美味佳肴又不是租来的，也不是哪座桥上的集市。

他嚼着苜蓿草，牙齿咯吱作响，舌头发苦，虽然有点恶心，但他还是大吃大嚼着。

金属杯

　　胡萝卜须在用餐时不喝东西了。这几天，他似乎没了喝东西的习惯，这让他的家人和朋友们都很惊讶。起先，是在一个早晨，他对正像往常一样给他倒酒的勒比克夫人说："谢谢，妈妈，我不渴。"

　　晚饭时，他又说道："谢谢，妈妈，我不渴。"

　　"你可真省钱啊，"勒比克夫人说，"也好，别人就可以多喝点了。”

于是，他这第一天没有喝水，大概因为天气温暖舒适，并不热吧。

第二天，勒比克夫人摆餐具时，问："你今天喝点什么吗，胡萝卜须？"

"说实话，"他说，"我不知道。"

"随你的便，"勒比克夫人说，"如果你想要你的杯子，就去壁橱里拿吧。"

他没有去拿杯子。是因为懒得去拿杯子？忘了？还是害怕呢？

大家对此都十分诧异：

"你更完美了，"勒比克夫人说，"你现在又多了一项本领。"

"一项罕见的本领，"勒比克先生说，"如果你哪天迷失在沙漠里，又没有骆驼，这项本领会发挥作用的。"

大哥菲力克斯和姐姐艾尔奈丝蒂娜则在打赌——

姐姐艾尔奈丝蒂娜："他能一个礼拜不喝水。"

大哥菲力克斯："看着吧，如果他能坚持三天，到这周日，就不错了。"

"不过，"胡萝卜须微笑着说，"如果我再也不渴了，我就再也不喝水了。看那些兔子和豚鼠，这不就是它们的优点吗？"

"一只豚鼠再加上你，真是天生一对了。"大哥菲力克斯说。

胡萝卜须生气了，他更想要向他们展示自己的本领。勒比克夫人不再给他拿杯子，他也坚持着不要水杯。不管别人对他是讥讽的奉承，还是真诚的赞叹，他都毫不在意地照单全收。

"他是病了，还是疯了？"有人说。

也有人说："他一定偷偷喝水。"

后来，胡萝卜须伸出舌头来展示他舌头一点也不干的次数渐渐减少了。

父母和邻居们也对这件事失去了兴趣。只有陌生人知道这个消息时，还会震惊地把手挥舞向天空："您太夸张了，没人能摆脱生理的需求。"

看诊的医生说这个案例对他来说很奇怪，但是不管怎样，没有什么是不可能的。

而本来担心自己会受苦的胡萝卜须也惊奇地发现，只要规律地坚持，一个人是可以实现他的任何想法的。他曾以为不喝水会很痛苦，要花费巨大的努力，可实际上，他都没有感到不舒服；他的身体比以前更好了。可惜，他不能像战胜口渴一样再战胜饥饿，否则，他可以不进食，靠空气活着。

从此，他不再记得他的杯子，这个杯子就好久都没人用了。后来，仆人奥诺莉娜用它来装清洁烛台的红硅土了。

面包

　　勒比克先生心情好的时候，也是很喜欢逗孩子玩的。他会在花园的小径上给孩子们讲故事，大哥菲力克斯和胡萝卜须会笑得在地上直打滚儿。这天早晨，他们正开心地玩闹，姐姐艾尔奈丝蒂娜跑过来告诉他们说午餐准备好了，他俩才安静下来。每当一家人聚在一起时，大家都皱着眉头。

　　大家像往常一样吃着午饭，每个人都吃得很快，没人出声。马上就要吃完饭收拾桌子了，勒比克夫人突然说："请你给我一块面包好吗？我好吃完这份果酱。"

　　她这是在同谁说话呢？

　　通常的情况，勒比克夫人都是自己给自己拿食物，至多只和狗说话。她会告诉狗，蔬菜的价格，唠叨着这么长时间以来用这么点钱养活六个人和一条狗是多么不易。

　　"不，"她对皮拉姆说，这只狗正友好地低声叫着，用尾巴拍打着毛毡子，"你不知道，我操持这一大家子多么辛苦。你也像男人们一样，以为一个厨娘什么也没有却什么都能做出来。你一点也不在乎黄油涨价了，鸡蛋买不起了。"

　　不过这次，勒比克夫人的行为让大家都吃了一惊。她破例直接向勒比克先生开口了，她要向他要一块面包，来配着吃完果酱。这是肯定的了。首先，她在看着他。其次，勒比克先生手边就有面包。他很惊讶，犹豫着，然后用手指头从他盘子里拿了一块面包，严肃地沉着脸，把它扔给了勒比克夫人。

　　这是恶作剧还是悲剧，谁知道呢？

　　姐姐艾尔奈丝蒂娜知道母亲受到了侮辱，隐约觉得很害怕。

　　"爸爸今天心情不错。"大哥菲力克斯一边想，一边肆无忌惮地晃悠着椅子。

　　而胡萝卜须呢？他嘴巴闭得紧紧的，满嘴油，耳朵里嗡嗡作响，脸颊涨得就像煮熟的苹果。他在克制，如果勒比克夫人还不立刻离开餐桌，他马上就要爆发了，因为当着自己儿子和女儿的面，她居然被父亲当作最下贱的人来对待！

小号

勒比克先生今天上午从巴黎回来了。他打开行李
箱，给哥哥菲力克斯和姐姐艾尔奈丝蒂娜带回的礼物露
了出来，这些礼物很不错，而且正好是他们整晚都梦想
着的礼物。然后，勒比克先生把手背到后面，狡黠地看
着胡萝卜须说："你呢，你最喜欢哪样？一只小号还是
一把手枪？"

实际上，胡萝卜须此时必须谨慎些，而不是轻率地做出选择：他更想要小号，因为小号不会落到其他人手里；但是他也总听到别人说，像他这么大的男孩子只会玩武器、军刀之类的东西，他已经到了闻火药味和歼灭敌人的年龄了！他的父亲了解孩子们，所以，他带来了适合孩子们的玩具。

"我更想要一把手枪。"他坚定地说道，确认自己猜的是对的。

他甚至还补充道："不用再藏着了，我看到它了！"

"啊！"勒比克先生尴尬地说，"你想要一把手枪？你可改变了不少啊！"

胡萝卜须立刻反悔了："不，我的爸爸，我这是开玩笑呢。放心吧，我讨厌手枪。快把我的小号给我，我好给你演奏一下。"

勒比克夫人说："那你为什么要撒谎？是为了让你父亲感到难过吗？如果一个人喜欢小号，他不会说自己喜欢手枪，尤其明明什么也没看到，就说自己看到了手枪。所以，为了给你个教训，你既不会得到小号，也不会得到手枪。看好了：它上面有三个红色的绒球和一面带着金色流苏的旗帜。你已经看得差不多了。现在，滚去厨房吧，一边跑，一边用你的手当小号去吹吧！"

胡萝卜须的小号就这样被放在了壁橱的最顶上的一堆白布上，三个红色的绒球和带着金色流苏的旗帜就那样躺着，它等待着被人吹响，就像《最后的审判》里那让人够不到的、沉默的长号。

一绺头发

　　周日，勒比克夫人要求她的两个儿子都去做弥撒。她会把他俩打扮好，艾尔奈丝蒂娜则主要负责督促他俩梳洗，甚至不惜浪费自己的时间；她还会给他们选好领带，修剪指甲，把祈祷书分给他俩，其中最厚的那本是胡萝卜须的。此外，她最爱做的事是给两个兄弟涂发蜡。

　　如果说胡萝卜须就像个傻瓜一样任她摆布，那么，大哥菲力克斯可不会那么乖巧，他会提醒妹妹，她要是不好好做，他可是会生气的。于是，她耍了一点小把戏。"这次，"她说，"我忘了，我不是故意的，我向你保证，从下礼拜日起，我不会再给你涂发蜡了。"

然而，她总是能成功地给他涂上一点发蜡。

"你身上会有倒霉事发生的。"大哥菲力克斯说。

这天早上，他裹在浴巾里，低着脑袋，妹妹艾尔奈丝蒂娜又做了小动作，他却丝毫没有察觉。

"看，"她说道，"我听你的话了，你看，壁炉台上发蜡罐的盖子是不是盖得好好的？这也不是我的功劳。胡萝卜须的头发得用水泥才能固定住，而你的头发都用不着发蜡。你的头发自己就能卷翘蓬松，你的脑袋看起来就像个菜花，造型能一直挺到晚上。"

"谢谢你。"大哥菲力克斯说。

他毫无警惕地站了起来，忘了像往常一样用手摸摸头发来确认。妹妹艾尔奈丝蒂娜帮他穿戴好，精心打扮他，还给他戴上了洁白的粗绢丝手套。

"好了吗？"大哥菲力克斯说道。

"你就像王子一样耀眼，"妹妹艾尔奈丝蒂娜说，

"现在只差戴上你的遮阳帽了。去壁橱里拿吧。"

但是大哥菲力克斯还是发现了。他从衣橱前经过，照了一下，然后跑到酒柜那儿，打开门，抓起满满一瓶水倒在了自己头上。

"我提醒过你，我的妹妹，"他说，"我不喜欢人们拿我取乐。你跟我玩花样还太嫩。如果你再敢这样，我就把你涂了发蜡的脑袋按到河里去。"

他的头型塌了，衣服滴着水，全身都湿漉漉的，等着别人给他换衣服或是等太阳把衣服晒干，这两种选择对他而言都无所谓了。

"这家伙！"胡萝卜须暗自想着，对他崇拜极了。他谁也不怕，如果我像他那样做，大家肯定会笑话我。还是让人们认为我不讨厌发蜡好了。

但就在胡萝卜须的内心已经习惯性地妥协时，他的头发却在他不知情的情况下开始了报复。

头发们一开始被发蜡强压着躺平，装死了一会儿；后来，它们开始有了精神，使劲儿地往上拱，把平整光滑的发蜡表面拱得凹凸不平，就好像一块麦田在慢慢解冻，很多茬子开始慢慢出现。没多一会儿，第一绺头发在空中立了起来，直挺挺的，获得了自由。

游泳

四点的钟声马上要敲响了，兴奋的胡萝卜须叫醒了还在花园里榛子树下熟睡着的勒比克先生和大哥菲力克斯。

"我们走吧？"他问道。

大哥菲力克斯："走，我们穿泳裤去！"

勒比克先生："现在还是太晒了。"

大哥菲力克斯："我嘛，我喜欢有太阳的时候。"

胡萝卜须："爸爸，到了河边，你会更舒服的，在水边比在这儿更好。你还可以躺在草地上睡一觉。"

勒比克先生："你们往前慢慢走，走太快，会热的。"

不过，胡萝卜须得很费劲才能控制好他的脚步，他感觉脚上像是爬满了蚂蚁。他的肩膀上搭着自己那条没有图案的老式游泳裤和大哥菲力克斯那条红蓝相间的游泳裤。一路上，他兴高采烈，话很多，还唱着歌；碰到矮树枝，他还一下子从上面跳了过去。他的手在空中不停地比画着，对大哥菲力克斯说："你觉得水里好玩吗，嗯？我们就要下去游泳啦！"

"装什么聪明！"大哥菲力克斯不屑地答道。

实际上，胡萝卜须马上就安静下来了。因为，他的一条腿刚轻轻跨过一排用石头垒的矮墙，一条河流便出现在他眼前了。现在可不是开玩笑的时候。

他们静止的倒影映在流动的水面上。

河流在汩汩流淌，像牙齿在咯咯作响，散发出一股淡淡的气味。

现在就应该跳进河去，在里面玩了，可是勒比克先生一直看着表上的时间。胡萝卜须打了个冷战。他好不容易调动起来的勇气在关键时刻又一次消失了；那在远处看到的让人欣喜不已的河流现在让他很苦恼。

胡萝卜须躲到一边，开始脱衣服了。他想藏起自己瘦小的身躯和脚，宁愿自己一个人游泳，这样他就不用为此感到羞耻了。

他一件一件地脱下了衣服，仔细地把它们叠好放在草地上。其实，他早把鞋带解开了，可却装成怎么也解不开的样子。

他穿上游泳裤，脱掉了衬衣，因为他身上有汗，衬衣就好像苹果糖浆粘在纸袋上一样。他借着这个由头又等了一会儿。

他的大哥菲力克斯已经下河了，在里面胡乱扑腾着。他用胳膊拍，用脚后跟蹬，弄得起了好多水花，还使劲把激起来的水花往岸边赶。

"你不想游泳了吗？"勒比克先生说。

"我在晾干身子呢。"胡萝卜须说。

过了一会儿，他下定了决心，坐在地上，伸出一个被长期挤压在不合脚的鞋子里的脚趾来试试水。同时，他用手抚摸自己的肚子，里面的东西可能还没消化完呢。终于，他顺着河沿滑了下去。

河床里的水草在刮他的小腿肚、大腿，然后是屁股。当水没到了他的肚子时，他就站起身来，要逃走，仿佛一根绳子在一圈一圈地缠住他的身体，就好像缠在一个陀螺上一样。突然，他脚下踩着的河泥塌了下去，胡萝卜须跌进水里，头也沉到了水面下。他扑腾了几下，站了起来，一边咳嗽，一边往外吐水。他呛水了，眼睛也看不清，头也发晕。

"潜水不错呀，我的小伙子。"勒比克先生对他说。

"没错，"胡萝卜须说，"虽然我不太喜欢这样。我耳朵里还有水呢，而且我头也发晕。"

后来，他找到了一个能学游泳的浅滩，在里面划动手臂，膝盖还能跪在泥沙上面。

"你太着急了，"勒比克先生说，"不要攥着拳头划水，就好像你要揪住自己的头发一样。你的两条腿要动起来。"

"不用腿来游泳更难。"胡萝卜须说。

但是大哥菲力克斯总来打扰他,这让他没办法专心学习。

"胡萝卜须,来这里。这里水更深一些。我的脚都碰不到底儿。你看着。好,你看到我的动作了。注意,你不要再看我了。现在,你去柳树那边。别动了,我游十下就能到你那边。"

"我数着。"胡萝卜须说,他在那儿哆嗦着,肩膀露出水面,就像个桩子一样一动不动。

他再次蹲在水中,准备游泳。但是大哥菲力克斯跳到了他的背上,头一下子扎进了水里,说:"该你了,你愿意的话,也爬到我背上来吧。"

"让我清静地学游泳吧。"胡萝卜须说。

"好啦,"勒比克先生喊道,"出来吧。过来,都来喝点朗姆酒。"

"这就结束了!"胡萝卜须说。

现在他不想出去了。他还没游够呢。刚才想离开的河水现在不再让他感到害怕了。他刚才像铅块一样沉重,现在却像羽毛一样轻盈;他在水里狂热地勇敢地扑腾着，蔑视着危险，如同为了救一个落水者可以置自己生命于不顾的勇士，他甚至自愿沉在水面下，来感受溺水者的恐慌。

"你快点儿，"勒比克先生喊道，"要不，大哥菲力克斯就把朗姆酒都喝没了。"

尽管胡萝卜须不喜欢朗姆酒，他还是说："我不会把我那份给任何人的。"

然后，他就像一个老兵一样把酒一饮而尽了。

勒比克先生说："你还没洗干净呢，脚上还有污垢。"

胡萝卜须："爸爸，这是泥巴。"

勒比克先生："不，这就是污垢。"

胡萝卜须："爸爸，你想让我再回到河里去吗？"

勒比克先生："你明天再洗吧，我们明天再来。"

胡萝卜须："太棒了！希望明天天气好！"

他用指尖拿起大哥菲力克斯还没弄湿的浴巾的边角来擦拭身子，垂着头，清了清嗓子。回去的路上，大哥菲力克斯和勒比克先生拿他的大脚趾开着玩笑，他也跟着哈哈大笑起来。

奥诺莉娜

勒比克夫人："您现在多大年纪了，奥诺莉娜？"

奥诺莉娜："过了诸圣瞻礼节就六十七岁了，勒比克夫人。"

勒比克夫人："您都这么老啦，可怜的老人！"

奥诺莉娜："这说明不了什么，只要还能干活就行。我从没生过病。我觉得马都没我壮实。"

勒比克夫人："你想听我告诉您一件事吗，奥诺莉娜？说不定哪天，您突然就死掉了。也许，是在一个傍晚，您从河边回来，突然觉得背篓沉得吓人，小推车比以往更难推；也许，您会突然倒在车轱辘中间，脸砸在湿衣服上，您就完了。等人们把您抬起来时，您已经没气了。"

奥诺莉娜："您逗我笑呢，勒比克夫人；别担心，我的胳膊腿都好使着呢。"

勒比克夫人："您有些驼背了，这是真的，不过背驼起来了，洗衣服时，腰或许就能少受点累。您的视力也不行了！别否认，奥诺莉娜！我已经发现有一段时间了。"

奥诺莉娜："哦！我现在看东西跟我刚结婚那阵一样清楚。"

勒比克夫人："好吧！那您打开壁橱，递给我一个盘子，随便哪一个。如果您擦盘子干净的话，这上面怎么会有层水汽呢？"

奥诺莉娜："那是因为壁橱里有潮气。"

勒比克夫人："壁橱里也有手指头在盘子上面散步

吗？看看这个手印吧。"

奥诺莉娜："在哪儿，请您指一下，夫人？我什么也没看见。"

勒比克夫人："这就是我要说您的地方，奥诺莉娜。听我说，我没说您偷懒，这样说就是我错了；在咱们村里，我还没见过哪个女人比您精力更充沛；您只是变老了。我也是，我也变老；我们都在变老，光有好的意愿是不够的。我打赌，您有时候也会觉得眼睛上好像蒙着一层东西，您擦眼睛也没用，还是看不清楚。"

奥诺莉娜："不过，我眼睛睁得很大，我眼前没感觉到有什么东西，就像头浸在一桶水里一样干净。"

勒比克夫人："是的，是的，奥诺莉娜，您可以相信我。还有昨天，您递给了勒比克先生一个脏杯子。我什么也没说，怕给您找事，让您难过。勒比克先生也是，什么都没有说。他从来都是不说什么，但是什么事都瞒不过他。我们以为他是没有在意。不对！他注意到了，他头脑里已经在意了。他只是用手指推开了您递来的杯子，在用餐时不饮水罢了。我为您、也为他感到难过。"

奥诺莉娜："天哪，勒比克先生竟然会和一个仆人感到不好意思！他说出来就行，我就给他换个杯子。"

勒比克夫人："可以这样，奥诺莉娜，但更聪明的做法是不要让已经决定闭口不言的勒比克先生再说什么。我自己已经放弃了这种做法。另外，问题也不在这。我总结一下：您的视力每天都在一点点地减弱。如果只是做粗活儿，比如洗衣服还行，如果是细活儿，您就干不了。尽管要增加开支，我还是要再找一个能给您帮忙的人……"

奥诺莉娜："我决不会同意有另一个人来插手，勒比克夫人。"

勒比克夫人："我还是要宣布这件事。怎么办呢？说白了，您有什么建议吗？"

奥诺莉娜："就像现在这样一直干，直到我断气。"

勒比克夫人："您断气！您想过这一天吗，奥诺莉娜？您或许能活到给我们所有人送葬，我希望如此。难道您以为我会盼着您断气吗？"

奥诺莉娜："您不会因为我一次没擦好盘子就把我

解雇吧？首先，我是不会离开您家的，除非您把我扔出去。如果我出去了，就应该只剩死路一条了吧？"

勒比克夫人："谁说要把您辞退了，奥诺莉娜？您现在脸红脖子粗的。我们是在友好地聊天，然后您就生气了，还说这样的傻话。"

奥诺莉娜："天哪！难道这怪我吗？"

勒比克夫人："那我呢？您视力下降既不是您的错，也不是我的错。我希望医生能治好您这个毛病。这事已经发生了。在此期间，我们俩谁最为难呢？您甚至都没有想到您视力出了问题。家务活儿被耽误了。我是出于好心才告知您，为了预防出现意外，也是因为我认为自己有这个权利，用温和的方式指出这一点。"

奥诺莉娜："随您的便，勒比克夫人。刚刚，我以为自己要流落街头了，现在我放心了。我会清洁好盘子的，我保证。"

勒比克夫人："我要求别的了吗？我的人可是比名声要好。奥诺莉娜，我不会舍弃您的，除非是您强迫我这么做。"

奥诺莉娜："既然这样，勒比克夫人，就别再说了。现在我认为自己还有用，如果您赶我走，我认为是不公平的。但是如果有一天我发现我成了负担，甚至连一锅水都烧不好了，我会立即离开的，我自己走，不用别人催我。"

勒比克夫人："就算到了那个时候，您也别忘了，您在我们家里总能有口汤喝。"

奥诺莉娜："不，勒比克夫人，不要汤，只要口面包。自从马伊特老妈只吃面包以后，她就不想着死了。"

勒比克夫人："她至少有一百岁吧？另外还有一件事，您知道吗，奥诺莉娜？乞丐比我们更幸福，这是我说的。"

奥诺莉娜："既然这是您说的，那我就和您想的一样，勒比克夫人。"

锅

　　胡萝卜须总是想为他的家庭做点什么事。他蜷缩在一个角落，等待着机会。他会先听他们说话，然后，在适当的时机，从阴影里走出来，就像一群头脑发热的人中仅有的一个保持头脑清醒的人一样，操控着事情发展的方向。

　　在他看来，勒比克夫人是需要一个聪明可靠的帮手的。当然，她是不会承认的，她太自负了。胡萝卜须做这些并不是为了什么报酬，也不为什么鼓励，只是因为他们俩之间有着某种默契。

他决定做点什么。

一只锅吊在壁炉边的铁钩上，从早到晚地烧水。尤其是在冬天，在需要很多热水的时候，人们总是把它装满又把它倒空，它就一直在炉火上咕嘟咕嘟地沸腾着。

夏天，人们只在饭后会用到它烧热水来洗餐具，其余时候，它是没有什么用的，只发出轻微的鸣响声，两块木头在锅底下面冒着烟，马上就要熄灭了似的。

有时候，奥诺莉娜听不到烧水声，她就斜过身子，贴着锅边听。

"水都烧开了。"她说。

于是，她往锅里倒上一桶水，把两块木头往一起拢一拢，拨弄一下炉灰。不一会儿，水锅的鸣唱又开始了，奥诺莉娜这下放心了，就去忙别的去了。

有人会跟她说："奥诺莉娜，您为什么要烧热没有用的水呢？把您的这口锅拿下来吧，把火熄掉。您烧柴火就好像这不用花钱似的。天冷的时候，多少穷人都冻着呢。您可一直是个节俭的妇女啊。"

她摇摇头。

她一抬头，就能看见一只锅挂在壁炉的铁钩上。

她一直听着水沸腾的声音。等锅里的水空了，她就往里面添水，不管是下雨、刮风，还是大晴天，她总是会把它装满。

现在，她都不用看一眼，只要听见水锅不响了，就会往里面倒一桶水，动作就像穿珍珠一样娴熟，熟到直到现在她还从没失过手。

但今天，她第一次失手了。

所有的水都倒在了火上，一团黑灰像头被打扰的野兽，朝奥诺莉娜扑了过来，像要把她吃了似的。

她大喊了一声，一边往外退，一边打着喷嚏。

"太呛人啦！"她说，"我以为魔鬼从地底下蹿出来了呢。"

她那双被灼痛的眼睛眯着，那双黢黑的手在黑洞洞的壁炉里摸来摸去。

"啊！我搞不懂，"她惊呆地说，"那口锅不见了。"

"说真的，不，"她说，"刚才那口锅还在那儿呢。绝对的，它刚才发出的声音像笛子一样响呢。"

肯定是有人在奥诺莉娜转身在窗户边抖落围裙上的果蔬碎屑时，把它拿走了。

但是，会是谁呢？

勒比克夫人站在卧室门口的毡垫上，表情很严肃。

"什么声音，奥诺莉娜！"

"什么声音，什么声音！"奥诺莉娜喊道，"刚发生了一个惨剧！再惨一点儿，我就被烧死了。看看我的鞋，我的围裙，我的手。我衣服上都是泥，口袋里还有煤渣。"

勒比克夫人："看，从壁炉里淌出来的这摊水可真脏，奥诺莉娜。这儿要弄干净啊。"

奥诺莉娜："为什么没有人告诉我，就把我的锅拿走了？不是您自己把它拿走的吧？"

勒比克夫人："这口锅是属于这个家的，奥诺莉娜。难道，我或者勒比克先生，或者我的孩子们用它时要获得您的许可吗？"

奥诺莉娜："我又说蠢话了，我太生气了。"

勒比克夫人："冲我们还是冲您自己呢，我勇敢的奥诺莉娜？是啊，您是冲着谁生气呢？我不是刨根问底的人，只是想知道到底是为什么。您真是让我不知道怎么办了。您借口说锅消失了，又使劲儿地往火上倒了一桶水，而且还不承认自己干的蠢事，要怪罪别人，怪罪我。这简直让人难以置信，也许，我这样说太直接了！"

奥诺莉娜："我的小胡萝卜须，你知道我的锅去哪儿了吗？"

勒比克夫人："他怎么可能知道？他，一个不懂事的小孩儿。别想您的锅了。想想您昨天说的话：'如果有一天我发现我成了负担，连一锅水都烧不好的时候，我会立即离开的，我自己走，不用别人催我。'没错，我是发现了您的眼睛不太好，但是我不觉得您的处境是绝望的。我什么也不说了，奥诺莉娜，您替我想一下吧。您和我一样清楚这个情况，您判断一下，再继续吧。哦！别不好意思，您哭吧。今天的事是真让人难过。"

缄默

"妈妈！奥诺莉娜！"

他还想再说点什么呢，胡萝卜须？他会搞砸一切的。幸运的是，在勒比克夫人冷峻的目光下，他立马闭嘴了。

为什么要对奥诺莉娜说："是我拿的，奥诺莉娜！"

没有什么可以拯救这个老妇人。她看不见了，她看不见了。对她来说，这真是太糟糕了。迟早她都得承认。他的忏悔只会让她更加痛苦。让她离开吧，她知道不是胡萝卜须拿的，自己是被那不可避免的命运击中了。

为什么要对勒比克夫人说："妈妈，是我拿的！"

也许，他今天这样做是值得夸耀的，但是为什么一定要说出来呢？难道是为了乞求别人那赞赏的微笑？这又有什么意义呢？他说出来这件事，只会为自己引来危险，因为他知道勒比克夫人会在公众面前责备他，他只应该管好自己的事，或者，假装帮助他母亲和奥诺莉娜寻找那口锅，就够了。

当他们三个人一起找锅的时候，他表现得最热心。

勒比克夫人则觉得没意思，就先放弃了。

奥诺莉娜也放弃了，嘟嘟囔囔地走远了。差点惹了大麻烦的胡萝卜须找了一会儿后，也不管了，就好像一件不再被人需要的工具，被放了回去。

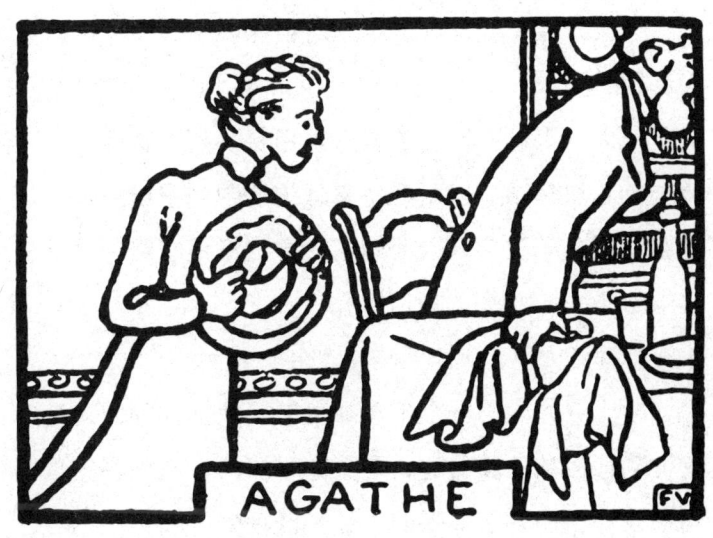

阿加特

　　阿加特是奥诺莉娜的一个孙女，她来接替奥诺莉娜。

　　胡萝卜须好奇地观察着阿加特，这几天来，这个新来的女孩儿吸引了勒比克一家人全部的注意力。

　　"阿加特，"勒比克夫人说，"在进门之前要先敲门，但不是说要让你像马蹄子一样砸门。"

"又开始了，"胡萝卜须对自己说道，"午餐时候等着看吧。"

一大家人都在宽敞的厨房里用餐。阿加特的一个胳膊上铺着块餐巾，随时准备着从炉灶跑到壁橱那儿，从壁橱跑到桌子这儿，因为她不太会沉稳地走路，总是急匆匆的样子，脸颊也红扑扑的。

她说话太快，笑声太响，太想把事做好了。

勒比克先生第一个坐在餐桌前，他铺开餐巾，把餐盘推到他面前的菜盆边，取了肉和酱汁，又把餐盘拿了回来。他自己倒了杯喝的，目光低垂着，闷声地用餐，就跟平日一样，对其他事情漠不关心。

上菜时，他靠坐在椅子上，晃着腿。

此时，勒比克夫人亲自给孩子们盛菜，先是大哥菲力克斯，因为他肚子饿得咕咕叫；然后是姐姐艾尔奈丝蒂娜，她作为姐姐有这个权利，最后是坐在桌角的胡萝卜须。

他从来不会要求添菜，就好像这是不被人允许的。一份就应该够他吃了。如果有人要给他加菜，他也会接受。他不喝水，会吃很多他并不喜欢的米饭，只是为了讨好勒比克夫人，她是整个家庭里唯一喜欢米饭的人。

大哥菲力克斯和姐姐艾尔奈丝蒂娜更直接一些，他们想再要一份菜，就学着勒比克先生的样子，把餐盘推到菜旁边。

但是没有人说话。

"他们这是怎么回事？"阿加特想道。

其实，他们什么事也没有。他们吃饭时就是这样的，一直如此。

她忍不住打了个呵欠，当着所有人的面。

勒比克先生吃得很慢，就好像他在嚼碎玻璃似的。

虽然勒比克夫人餐前饭后的话比喜鹊还多，但是在餐桌上却只用手势和头来示意。

姐姐艾尔奈丝蒂娜眼睛盯着天花板，不知道在想什么。

大哥菲力克斯在摆弄着他的面包。胡萝卜须的馅儿饼已经吃完了，他现在想的问题是既不能太早地吃干净盘子里的食物，那样会被认为太贪吃；也不能太晚，这会被认为太磨蹭。因此，他此时正在忙于进行复杂的计算。

突然，勒比克先生起身去接了一瓶水。

"我应该去的，应该是我。"阿加特说。

但她没有说出来，只是这样想着。她已经被这家人传染了，舌头也变得迟缓，她不敢说话。但是无论如何，她都认为自己犯了错，于是便打起双倍的精神。

勒比克先生就快吃完面包了。阿加特这次不会让自己的行动落到他后面了。她密切地注意着勒比克先生，以至于忽略了其他人。这时，勒比克夫人不客气地说道："阿加特，是不是得用树枝戳你一下？"方才让她回过神来。

"我在，夫人。"阿加特回答说。

她忙碌了起来，眼睛没离开过勒比克先生。她要用自己的殷勤来征服他，努力表现自己。

时机来了。

见勒比克先生吃下了最后一口面包，她便冲到壁橱边，拿起了一整个五斤重的，还没切过的大面包圈。她满心欢喜地把它献上，自认为猜到了男主人的心意。

然而，勒比克先生把餐巾叠起来后，起身离开了餐桌，戴上他的帽子，去花园抽烟去了。

他吃完饭后，就不会再吃别的东西了。

此时，阿加特像个钉子一样傻乎乎地杵在那里，抱着那个五斤重的大面包圈，就好像一家救生器材厂的蜡像广告。

规 划

"这让您很受打击吧。"和阿加特两人单独在厨房时，胡萝卜须说，"别泄气，以后还会有这样的事呢。不过，您提着这些瓶子要去哪儿呢？"

"去酒窖，胡萝卜须先生。"

胡萝卜须："不好意思，该去酒窖的人是我。因为楼梯坏了，女人走在上面可能会滑倒，摔断脖子，所以从我会下楼梯的那天起，下酒窖就成了我的工作。我还会区分酒瓶上红色和蓝色的封签呢。

"我负责卖那些旧的酒桶，从中挣点小钱，我还卖野兔皮，钱也会给妈妈。

"我们规划好谁干哪些活儿，以后干活时就互不干扰了。

"早上我把狗放出来，给它弄汤吃。晚上我吹口哨，叫它回来睡觉。如果它在街上耽搁了，晚回家时，我会负责等它。

"另外，妈妈总是让我来关鸡棚的门。

"我负责拔草，然后再用脚把地上留下的坑填平，我会用这些草去喂牲口。

"作为一项锻炼身体的运动，我会帮助我的父亲锯木头。

"我负责宰杀他带回来的猎物，您和姐姐艾尔奈丝蒂娜负责拔毛。

"我负责把鱼开膛破肚，清理干净内脏，再用脚后跟把鱼鳔弄破。而您负责刮鱼鳞，从井里提水。

"我帮着摇纱线。

"我磨咖啡。

"当勒比克先生脱下他的脏鞋子时，由我把它们放到走廊，不过，姐姐艾尔奈丝蒂娜不会把她给爸爸送拖鞋的权利让给任何人的，拖鞋上面是她亲自绣的花。

"我负责重要的事情、跑远路的事，比如去药店或是去找医生。

"您负责在村子里买些日常生活用品。

"您得每天在河边洗两三个小时的衣服，不管天气如何，这会是您最重的活，我可怜的姑娘。我什么忙也帮不了您。不过，如果我有空，我可以在您往篱笆上晾衣服时给您搭把手。

"我想起来了，我有个建议给您：千万不要把衣服晾在果树上。勒比克先生看到后不会跟您说什么，只会径直地把衣服弄到地上，而勒比克夫人只要看到有一处脏了，就会让您拿回去重洗。

"关于鞋子，我也要给您个建议。打猎穿的靴子多打蜡，低筒皮鞋少打点儿。

"不要执意清理干净那些挂了泥浆的短裤。勒比克先生一直认为泥浆会让裤子定型。他在耕过的田里走路时，从来不会挽起裤腿。不过，当勒比克先生带上我打猎时，我背着猎袋，一定会把裤腿挽上去。

"'胡萝卜须,'他跟我说,'你永远成不了一个真正的猎人。'而勒比克夫人却对我说:'你如果把衣服弄脏了,当心我揪你的耳朵。'

"这是个人喜好问题。

"总之,您不会干特别多的活儿。放假在家时,我们可以一起干活儿;当我的姐姐、哥哥和我去寄宿学校时,您的活计也会变少。其实,都差不多。

"另外,应该没人凶您。不信的话,您可以问问我们家的朋友们,他们都会跟您保证:我的姐姐艾尔奈丝蒂娜像天使一样温柔,我的哥哥菲力克斯有一颗金子般的心,勒比克先生正直善良,勒比克夫人有大厨一样的手艺。也许,到最后您会发现我是家里性格最不好的那个。不过,您只要了解我的性格,就会知道,我讲理,懂得自我修正,虽然有点不谦虚,但我正逐渐变好,如果您也肯付出些努力,我们会相处得很融洽的。

"对了,您别再叫我先生,叫我胡萝卜须就行,就跟所有人一样。只不过我请您不要用'你'来称呼我,就像您的祖母奥诺莉娜那样,我讨厌她,因为她总是欺负我。"

盲人

他用盲杖的一头轻轻地敲着门。

勒比克夫人："这个家伙又来干吗？"

勒比克先生："你不知道吗？他想要十个苏；今天他的运气不错。让他进来吧。"

勒比克夫人阴着脸开了门，外面太冷了，她便粗鲁地往门里拽着盲人的胳膊。

"你们好，在场的所有人们！"盲人说。

他往前走着，盲杖一点一点地在地板上向前移动，就好像在捉耗子一样，直到它碰到了一把椅子。盲人坐了下来，把他冻僵的双手朝壁炉伸了过去。

勒比克先生拿出一张十个苏的钞票，说道："给！"

说完，他不再管他了，只继续看报。

胡萝卜须则在一旁自娱自乐。他蹲在角落，看着盲人穿的木鞋。木鞋上的雪化了，融化的雪水已经在鞋子周围汇聚成了一小摊水。

勒比克夫人注意到了。

"把您的木鞋给我，老家伙。"她说。

她把它们放到壁炉下面，太晚了，木鞋融化的雪水淌了一地，盲人的脚有些潮湿，不安地抖动着，一会儿，这只脚抬起来，一会儿，另一只脚抬起来，把融化的雪踢得到处都是。

胡萝卜须用指甲刮着地面，似乎想把地面上的脏水引到裂缝中。

"他既然已经有了十个苏，"勒比克夫人说，并不怕被盲人听到，"他还在这儿干什么呢？"

不过，盲人居然谈起了政治，一开始有些不好意思，后来就有了信心。虽然没人理他，他还是说得激情洋溢，甚至偶尔会挥动着他的盲杖；当他的拳头不小心碰到壁炉的管子时，就马上缩回手，白眼珠在泪汪汪的眼眶里直打转。

有时候，勒比克先生在翻看报纸时会理他一句："是的，迪西耶老爹，是的，不过，您确定吗？"

"我确不确定？"盲人喊道，"这事儿，要说这个，这可是猛料！听我说，勒比克先生，您会知道我是怎么变瞎的。"

"他再也不走了。"勒比克夫人说。

事实上，盲人这会儿感觉好多了。他讲述着他的遭遇，舒展着身体，好像血管里冰冻的血液也开始解冻了，衣服和肢体好像都在往外冒油。

地上，水流越来越大，流到了胡萝卜须这儿，它流过来了，好像这里是它的终点。

不一会儿，他就可以玩水了。

不过，此刻勒比克夫人开始上演她惯用的伎俩了。她故意去碰盲人，用胳膊肘碰他，踩他的脚，让他往后退，让他退到酒柜和壁橱中间，那里没有暖气。盲人迷失了方向，摸索着，胳膊挥舞着，像野兽一样用手指乱抓。他的血液又凝结成冰块了，整个人又僵硬了。

最后，盲人用带着哭腔的声音结束了他的故事。

"是的，我的朋友们，结束了，什么都没有了，一片漆黑了。"

他的盲杖脱手了。这正是勒比克夫人盼望的。她冲了过去，把盲杖捡起来递给盲人——实际上，她没有递到他的手里。

他以为扶住了盲杖，实际却没有。

她巧妙地欺骗他，让他继续移动，使他穿上了木鞋，朝门的方向移动。

她轻轻地掐了他一下，报复了他。她把他推到了街上，天色灰蒙蒙的，鹅毛大雪倾泻而下，狂风怒号，就像条被关在外面的疯狗一样咆哮着。

在关上门之前，勒比克夫人对盲人大喊道，就好像他是个聋子："再见，别丢了您的钱，下周日，看看是不是个好天气，要是您还活着，我们再见吧。没错！您说的对，我的迪西耶老爹，我们不知道谁会活着谁会死去。每个人都有自己的苦难。"

LE JOUR DE LAN

新年

　　下雪了。为了让新年有个新年样子，是需要下场雪的。

　　还好，勒比克夫人小心地锁上了院门。今天一早，就已经有男孩子们来摇晃着锁头撞门了，他们一开始还不明目张胆，后来就故意大声地用木鞋踢门，最后灰心了，才后退着走远了，但眼睛还盯着一扇窗子，勒比克夫人就是在那里窥视他们的。过了一会儿，他们的脚步声湮灭在雪中。

胡萝卜须从床上跳了起来，去花园的水槽里洗脸，也没用肥皂。水槽冻住了，他得费很大的力气把冰砸开，累得气喘吁吁的，甚至比烤火还要热。他把脸在水中浸了一下，就算洗了脸。因为不管他怎么洗，人们总是觉得他脏，即使他认真洗漱过了，人们也只觉得他只是把最脏的污渍擦掉罢了。

仪式前的准备已经完成了，他站在大哥菲力克斯身后，前面是姐姐艾尔奈丝蒂娜。三个孩子进入了厨房。勒比克先生和夫人早早地在这儿等着了，却假装成并不在意的样子。

姐姐艾尔奈丝蒂娜跟父母进行贴面礼，说道："爸爸好，妈妈好，我祝你们新年快乐，身体健康，幸福长寿。"

大哥菲力克斯说了一样的祝福语，只不过，他的语速很快，说完也和父母进行了贴面礼。

现在到胡萝卜须了，他从鸭舌帽里拿出了一封信。那严实的信封上写着："给我亲爱的父母。"没有写地址，信的角上还画着一只珍贵稀有的漂亮鸟儿。

胡萝卜须把信交给了勒比克夫人，她打开了信封。信纸上画满了盛开的花朵作为装饰，四周还带着花边，它太漂亮了，以至于胡萝卜须每次写到花骨朵里的时候都会停顿一下，墨水就在信纸上浸出了窟窿，连带着旁边的字都看不清了。

勒比克先生："我呢，我什么都没有！"

胡萝卜须："这是给你们两个人的，妈妈等下会把它给你。"

勒比克先生："这样啊，你喜欢你母亲胜过我。那你翻翻口袋，看看是不是有一张十个苏的新币在里面！"

胡萝卜须："请耐心一点，妈妈已经看完了。"

勒比克夫人："你写得不错，只是字太丑，我都没法看。"

"爸爸，"胡萝卜须急切地说，"现在该您看了。"

就在胡萝卜须站得直直的，等着回复时，勒比克先生读了一遍这封信，又读了第二遍，仔细地看完后，嘴里发出"啊！啊！"的声音，最后把信放到了桌子上。

现在，这封信没什么用处了，它的使命已经完成了，现在它属于所有人了。每个人都可以看这封信，拿到这封信。姐姐艾尔奈丝蒂娜和大哥菲力克斯依次拿起这封信，寻找里面的书写错误，嘴里说着："这里，胡萝卜须应该是换了墨水笔了，读起来太费力了。"看了一会儿后，他们把信还给了他。

胡萝卜须翻来覆去地摆弄着信，脸上笑得很难看，好像在问："谁还想要它？"

最后，他又把它放回了鸭舌帽里。

开始分发新年礼物了。姐姐艾尔奈丝蒂娜得到了一个和她一样高的娃娃，大哥菲力克斯得到了一盒子用铅做的士兵玩具。

"我给你准备了一个惊喜。"勒比克夫人对胡萝卜须说。

胡萝卜须："啊，没错！"

勒比克夫人："为什么说没错！既然你知道了，那我就不需要展示给你了。"

胡萝卜须："如果我知道，就让我永远也见不到太阳！"

　　他把手伸向空中，一副严肃而自信的模样。勒比克夫人打开酒柜门。胡萝卜须紧张地等待着。她把整条胳膊伸了进去，慢慢的，充满神秘的，拿出了一个用黄纸托着的用红糖捏成的烟斗。

　　胡萝卜须笑了。他知道自己接下来要做什么：他要在他父母面前，在大哥菲力克斯和姐姐艾尔奈丝蒂娜羡慕的目光下（可是谁又能什么都有呢！）快快地吸它一口。他用两个指头夹住红糖烟斗，挺起胸，把头偏向左侧。他的嘴巴鼓鼓的，两颊紧收，用了很大的力气才发出一个响亮的声音。

　　接着，他抬起头，吐了一个巨大的烟圈儿，说："这个烟斗不错，抽起来真舒服。"

来回

勒比克家的儿女们放假回家了。他们跳下公共马车，老远地就看见父母，胡萝卜须想着："现在是应该跑向他们吗？"

他犹豫着："还太远了，我会跑得气喘吁吁的，另外，也不用这么夸张。"

他还在考虑："我从这里开始跑……不，从那里开始跑……"

他问自己："应该什么时候摘下我的鸭舌帽呢？我应该先跟谁贴面呢？"

不过，大哥菲力克斯和姐姐艾尔奈丝蒂娜已经先到了父母身边，享受着和家人的亲热。当胡萝卜须赶到时，几乎没有什么好亲热的了。

"怎么，"勒比克夫人说，"你这个年龄还叫勒比克先生'爸爸'？你应该叫他'我的父亲'，跟他握手，这才像个男子汉。"

然后，她亲了一下胡萝卜须的额头，为了不让他嫉妒哥哥姐姐。

胡萝卜须非常开心，因为终于放假了，他甚至高兴得哭了起来。他经常是这样，总是表达错情绪。

返校的日子到了，勒比克夫人老远就听到了公共马车的铃铛声，她一把把孩子们搂在怀里。胡萝卜须却不在里面。他耐心地等着，想着快轮到自己了吧；告别的话，他都已经想好了，他难过得很，以至于哼哼了起来。

"再见，我的母亲。"他像个男子汉一样说。

"看，"勒比克夫人说，"你把自己当成谁啦，小东西？你像别人一样叫我'妈妈'能怎么着？你在干什么啊？还是个流鼻涕的毛孩，居然能说这种话！"

然而，她还是在他额头上亲了一下，为了不让他嫉妒。

钢笔

　　勒比克先生把大哥菲力克斯和胡萝卜须都送到了圣马克私立学校寄宿，这所学校的学生们都是在国立中学上课。每天，学生们要往返于这两个学校。这个季节很舒服，每当下起雨时，这些孩子都只觉得凉爽，被淋湿了也毫不在意，况且这种散步对他们的健康是有益的。

　　这天上午，他们从中学往回走，拖沓着步子，像一群绵羊一样跟着领头的。突然，正在低头走路的胡萝卜须听到有人说："胡萝卜须，看你父亲在那儿！"

勒比克先生喜欢这样给他儿子们惊喜，不事先写信，就径自过来学校。只见他在对面的街道上站着，两手背后，嘴上叼着一支烟。

胡萝卜须和大哥菲力克斯从队列里跑出来，冲向他们的父亲。

"真的！我想过有人来看我，也没想过是您。"

"你看到我后才想到是我吧。"勒比克先生说。

胡萝卜须想回应几句亲密的话，但他什么也没想出来。于是，他踮着脚，努力想和父亲行贴面亲吻礼。他第一次碰到了他唇边的胡子。但是勒比克先生却抬了一下头，就好像要躲开似的；然后，他倾下身子，胡萝卜须本来就要碰到他的脸颊了，结果却只碰到了他的鼻子。胡萝卜须亲了个空，便没有再坚持，他不明白为什么会发生这样一场奇怪的欢迎仪式。

"是不是我的爸爸不再喜欢我了？"他想道。"我看到他亲吻大哥菲力克斯了。他那时很热情而不是退缩。为什么他要避开我？是想让我嫉妒吗？我经常发现这种事情。如果我离开父母三个月，我会非常想见到他们，会像一条小狗一样挂在他们脖子上。我们会彼此享受爱抚。可是现在他这样对我，我真是心寒。"

胡萝卜须心中满是伤感，他没有回答好勒比克先生提出的关于希腊语是否进步了的问题。

胡萝卜须："这要看情况。翻译希腊语时会比写作文时好，因为翻译的时候，我可以猜一些。"

勒比克先生："那德语呢？"

胡萝卜须："德语发音非常难，爸爸。"

勒比克先生："什么？你如果不会他们的语言，要是哪天爆发战争，你怎么打败那些普鲁士人？"

胡萝卜须："啊！到战争爆发之前，我能学会的。您总是用战争吓唬我。战争会等我学成后再爆发的。"

勒比克先生："你上次考核的成绩怎么样？我希望你不是最后一名。"

胡萝卜须："总需要有一个最后一名的。"

勒比克先生："什么？如果今天是周日该多好，我本来希望请你们吃顿午餐的。但既然不是，我就不耽误你们的学习了。"

胡萝卜须："我没什么功课要做的，你呢，菲力克斯？"

大哥菲力克斯："我也是，今天上午老师忘了给我们留作业了。"

勒比克先生："你们一定要把功课做好。"

大哥菲力克斯："啊！我早就做好了，爸爸。跟昨天的一样。"

勒比克先生："不管怎样，我希望你们还是回学校去。我争取待到周日，到时候再补上午餐。"

不管是大哥菲力克斯的噘嘴，还是胡萝卜须故意的沉默都没有用，分别的时刻还是到来了。

胡萝卜须不安地等着这个时刻。

"或许，"他对自己说，"我得更努力学习才行；不过到那时，我的父亲会不会还是不喜欢跟我贴面亲吻呢？"

于是，他坚定地、目光直直地把嘴巴抬得高高的，靠了过来。

但此时，勒比克先生伸出一只手，自卫一般把他推远，对他说："你耳朵上的钢笔会把我的眼睛戳瞎的。

当你跟我贴面的时候就不能把它放到别处吗？你看看我，我都把我的烟拿掉了。"

胡萝卜须："哦！我的爸爸，我很抱歉。是的，因为我的这个行为有天一定会出事的。其实别人已经提醒过我了，但我觉得把钢笔别在耳朵上还挺合适的，所以我一直就让它留在那儿，以至于忘了把它拿下来。我真应该把钢笔取下来。啊！可怜的老爸，我很高兴知道是我的钢笔让您害怕。"

勒比克先生："什么！你险些弄瞎我一只眼睛，你还笑？"

胡萝卜须："不，我的爸爸，我是因为别的事笑的，那是个蠢念头。"

LES JOUES ROUGES

红脸蛋

（一）

常规巡视结束后，圣马克私立学校的校长离开了走廊。每个学生都钻进被窝，就好像钻进了一个个套子里。他们把身体缩成一小团，一点不露到外面。学监韦约罗纳又挨个看上一圈，确保大家都睡觉后，他踮起脚，把煤油灯调暗。没过一会儿，临床之间的闲扯开始了，交头接耳声交织在一起，像一群刚窜出来的老鼠，这声音在整个楼道里混杂成一片窸窣的响动，不时还传出一两声口哨音来。

这声音沉闷，没完没了，让人烦躁，就像在黑暗中看不见的老鼠一样，在一点点地啃噬着夜晚的安宁。

韦约罗纳穿上一双旧拖鞋，在学生们的床间走来走去，挠挠这个学生的脚丫，拉拉那个学生睡帽上的绒球，然后在马尔索的床边停了下来。他每天晚上都跟孩子们聊很久，一直到夜深。经常是学生们都停止了闲聊，把被子一点点地拉到嘴边上，睡着了，但学监还是倚靠在马尔索的床边，胳膊肘沉沉地靠在铁栏上，全然不顾小臂已经发麻，那感觉就好像有蚂蚁在手指尖上爬。

他喜欢听马尔索讲孩子气的故事，他也会跟马尔索吐露私密的事情和贴心的话，这个孩子听后总是睡意全无。他喜欢他那柔软而透亮的脸庞，就好像是从里到外用光照着似的。他的脸就像饱满的果肉，通透的皮肤下的血管交织在一起，一点点气温的变化就会产生一片红晕。马尔索会莫名其妙地脸红，这诱人的娇羞让他像女孩儿一样惹人怜爱。有时，同学会用一个指尖在他一边的脸颊上戳一下，猛地拿开后，他的脸上便会留下一块白印，随即，那红红的脸上又会有一层美丽的红晕泛出，就像一滴葡萄酒落进清水里一样，很快，那红晕从他粉色的鼻子尖一直蔓延到耳根。每个人都可以这样戳上一下，马尔索也乐在其中。孩子们还给他起了个外号："夜灯""灯笼""红脸蛋"。这种逗人的才能给他招来了不少嫉妒。

胡萝卜须是他的邻床，也是所有他的嫉妒者中的一分子。胡萝卜须这个萎靡不振的，身材纤弱的小丑，脸上就像涂了一层白粉，他徒劳地用手掐着自己那毫无血色的皮肤，却什么效果也出不来！有时候，还会弄出一些红褐色的奇怪斑点来。他真恨不得在马尔索的脸上抓出几条杠杠，再像剥橘子一样把他那朱砂色的脸蛋剥开。

胡萝卜须已经好奇一件事很久了。这个晚上，韦约罗纳来了，他想知道这个学监遮遮掩掩的行为背后的真相，于是侧着耳朵听他们的动静。他使出了一个小间谍的所有才能，假装发出了可笑的鼾声，就好像得了病一样来回翻身，为了表演全套，他甚至还发出了一声惊叫，像做了噩梦一样，这喊声把全宿舍的人都吓醒了，孩子们都在被子下翻着身；然后，在韦约罗纳走远后，他把半截身子探出床外，激动地对马尔索说道："兔二爷！兔二爷！"

见没人回应他。胡萝卜须跪起身子，抓住马尔索的胳膊，用力摇晃道："你听见了吗？兔二爷！"

马尔索仿佛没听到他的话。被激怒的胡萝卜须接着说道："太肮脏了！……你以为我没有看见你们干的事？你敢说他没有亲你？你敢说你不是他的兔二爷？"

他干脆竖起身子，伸直脖子，像一只被惹怒的大白鹅，在床边上攥着拳头。

不过这次，有人说话了："没错，然后呢？"

胡萝卜须腰一软，钻进了他的被窝。

是学监又回来了，他突然出现了！

（二）

"没错，"韦约罗纳说，"我亲了你，马尔索，你可以大方地承认，你没干任何坏事。我亲了你的额头，但胡萝卜须理解不了这个行为，他在这个年龄已经学坏了，他不懂，这是纯洁而清白的吻，一个父亲给孩子的吻，我像爱儿子一样爱你，或者你愿意的话，也可以认为我像爱弟弟一样，而明天这个小蠢货会到处散播那些不明所以的坏话。"

在韦约罗纳用低沉的、颤抖的声音说出这些话的时候，胡萝卜须假装已经睡了。不过，他还是悄悄地把头抬起来继续偷听着。

马尔索屏住呼吸，听着学监说话，他一面觉得他说的话自然是有道理的，一面身体却在颤抖，好像有些神秘之事被揭破了。韦约罗纳继续说着，尽力压低声音，语句含混不清，几组音节飘忽不明。胡萝卜须不敢翻身，只悄悄地挪近，却什么也听不见。他的注意力高度集中，耳朵好像凹陷进去了一般，扩成了一个漏斗，但还是什么声音也听不到。

他想起来了，在他贴在门上偷听时，也有过类似的费力感觉。他把眼睛贴在锁眼上，恨不得把锁孔撑大，然后像钩子一样，把他想看到的勾到面前来。不过，他敢打赌，韦约罗纳还在喋喋不休："是的，我的感情是纯洁的，纯洁的，这个小蠢货是理解不了的！"

终于，学监像一个影子一样轻柔地弯下身来，下巴上的一撮胡须像刷子似的刮着马尔索的额头，他亲吻了他一下，离开了。胡萝卜须用目光追随着他，在一排排床铺间游走着。当韦约罗纳的手不小心碰到了某个枕头时，那个学生就会翻个身子，长嘘口气。

胡萝卜须等了很久。他担心韦约罗纳又会重新回来。马尔索已经像个球一样缩在床上了，他用被子蒙住眼睛，还醒着，回忆刚才发生在自己身上的这场意外。他并没有发现这其中有什么丑恶的东西能够让他苦恼，但是，在被褥的黑暗中，韦约罗纳的身影却发着光飘浮过来，同他不止一次在梦中见到过的那些漂亮人儿一样温柔。

胡萝卜须等得无趣了，上下眼皮像被磁铁吸住一样粘在了一起。他强迫自己盯着那盏几乎快熄灭的燃气灯，刚刚数了三个从灯嘴里蹦出来的小气泡便睡着了。

（三）

第二天早上，在洗漱池边，正当怕冷的学生用毛巾蘸着冷水，轻轻擦拭脸颊的时候，胡萝卜须不怀好意地看着马尔索，做出一副凶狠的样子，他又开始骂他，咬着牙迸出刺耳的话音。

"兔二爷！兔二爷！"

马尔索的脸涨得通红，但他的回答里没有怒气，目光中带着乞求，说："我都跟你说过了不是真的，你还想怎么样！"

这时，学监过来检查他们的手了。学生们排成两排，机械地把手伸出。他们先伸出手背，然后再迅速地翻过来露出手心，学监看过后，他们立马把手放回口袋。平常，韦约罗纳看得并不仔细。不过这次，很不凑巧，他发现胡萝卜须的手并不干净。胡萝卜须被要求重新去洗手，便开始恼怒起来。说真的，确实可以看到胡萝卜须的手上有块发蓝的印子，但他一口咬定这是冻疮。胡萝卜须认定了这一定是因为学监对他怀恨报复。

于是，韦约罗纳只能把他送到校长那里去。

校长起得很早，他正在自己暗绿色的办公室里利用这零碎时间给大班的学生备历史课。他用肥胖的手指使劲地在桌布上点着，标示出主要的阶段：这里是罗马帝国的陨落；中间是土耳其人攻占君士坦丁堡；再远处是近代史，不知道它是从什么时间开始的，也总不结束。

他穿着一件宽大的睡衣，结实的胸膛那里装饰着几圈刺绣的饰带，就好像一根柱子上缠绕着缆绳一样。很明显，这个男人吃得很多，油光满面，说话声音很大，甚至跟女士讲话时也是一样；他说话时，脖子上的褶皱会缓慢地、有节奏地浮动；眼睛圆瞪，胡须浓密。

胡萝卜须在他面前站着，把帽子夹在两腿之间，这样他就能自在地活动了。

校长用可怕的声音问道："怎么回事？"

"先生，是学监让我过来的，他说我的手是脏的，可这不是真的！"

于是，胡萝卜须又一次认真地伸出手，先露出手背，再露出手心。他不停地翻动着双手，努力证明给校长看。

"啊！不是真的，"校长说，"那就关你四天的禁闭，小家伙！"

"先生，"胡萝卜须说，"学监是对我怀恨在心！"

"啊！他对你怀恨在心！八天的禁闭，小家伙！"

胡萝卜须了解他的校长，这种"柔和的"处理方式并不意外。不过，他已经下决心要不顾一切地承受所有惩罚，他直挺挺地站着，两腿夹紧，鼓起勇气，即使是一个耳光，他也认了。

这位校长先生有一个没什么恶意的癖好，他时不时会给一个捣蛋的学生一巴掌，啪的一声，有的学生会机灵地判断出来这一下并赶忙弯下身，这样一来，校长就会失去平衡，大家见状便哄堂大笑。这个时候，校长便不会再动手，因为他的体面不允许他也耍这种小花招。他的风格就是，要么正冲着选好的脸蛋儿来这么一下，要么就干脆不管。

"先生，"胡萝卜须勇敢而骄傲地说道，"学监和马尔索，他们在搞事情！"

这一瞬间，校长的眼睛里像突然飞进了两只小虫。他紧握着拳头扶着桌边，头向前伸着，半弓起身子，就好像要和胡萝卜须撞到一起。他声音低沉地问道："搞什么事情？"

胡萝卜须突然愣住了。他本来以为（也许只是推迟了）会砸过来一本亨利·马丁写的大厚书，可是校长却开始问事情的细节。

校长等着胡萝卜须的回答，他脖子上的褶皱堆在了一起，形成了一个大垫圈，就在这肥肥赘赘的皮囊上面，斜歪着一个脑袋。

胡萝卜须犹豫了，他在说服自己一定是对的同时，一时不知该说什么好，他的表情一下子困惑起来，蜷缩起身子，表情笨拙而尴尬，他去两腿间拿那顶帽子；把这顶扁平的帽子拿出来后，他却不知道把它放在哪里；他轻轻地把帽子举起来，举到下巴边上，慢慢的，他把自己猴相的脸埋进了帽子，不再吭声了。

（四）

同天，在简短的调查之后，韦约罗纳被开除了！他的离开很感人，几乎都快成了一个告别仪式。

"我会回来的，"韦约罗纳说，"只是暂时离开而已。"

但是没人相信他的话。学校把他视作一个可怕的霉菌，只不过是换个学监罢了，他只是像其他人一样离开，不过离开得更快。几乎所有人都喜欢他。还没有人像他一样能把练习簿封面的花体字写得这么漂亮，比

如：×××的希腊语练习簿。那大写字母写得就如同是
广告牌上的一样。学生们喜欢看他写字，每次都会离开
自己的座位，围着他的桌子看。他那戴着绿宝石戒指的
好看的手，在纸上龙飞凤舞。他还会随机创作一个签
名，一笔落下后就像一个石子落入水中，层层波纹状的
线条既规则又变化莫测，一个漂亮的签名就完成了。虽
然这个杰作不算大，得凑近了看。但整个签名是一笔完
成的，其中饱含着错综复杂的变化。学生们看后都惊叹
不已。

所以，他的离职让他们很难过。

他们商量好了，一有机会就当着校长的面学蜜蜂嗡
嗡的声音——把脸颊鼓起来，用嘴唇发出蜜蜂飞行时的
声音，以此来表达自己的不满。几天过去了，这个机会
也没到来。

他们都很伤心。韦约罗纳知道学生们留恋自己，便
专门找了个课间休息的时候离开学校。他走在校园里，
身后跟着个校工，帮他提着箱子。他们就这样走着，突
然，所有的孩子都拥了上来。他跟他们握手，拍了拍他
们的脸蛋，要不是他努力地把自己礼服的下摆从人群中

抽出来，它早就被扯坏了；他被孩子们团团围住，微笑着，是那么感动。一些学生翻上单杠，满头大汗地看着学监。其他的学生则安静一些，他们在校园里徘徊着，挥着手，做着告别的手势。那个弯着背，扛着箱子的校工停了下来，直了直腰板儿，这时候，一个年龄小的孩子借机在他的白围裙上蹭上了五个脏指头印。马尔索的双颊又红得像画的一样。这是他第一次真正感到伤心，又陷入苦恼之中，因为不想承认他留恋这个学监就像留恋一个亲人一样。此刻的他站在一边，焦虑不安，羞愧不已。韦约罗纳朝他走过去，这时，突然传来了一块玻璃被打碎的声音。

所有人的目光都朝禁闭室那装着铁栏杆的窗户望去。胡萝卜须那个难看而粗野的脑袋出现了。他脸色苍白，像一头被关在笼子里的小野兽，头发遮着眼睛，一口白牙露在外面。他的右手从扎人的碎玻璃窗中伸了出来，攥着流血的拳头威胁着韦约罗纳。

"小蠢货！"学监喊道，"你现在满意了！"

"没错！"胡萝卜须喊道，他使劲挥拳，又打碎了另一块窗玻璃，"为什么您亲他却不亲我？"

胡萝卜须

他用割破的、流血的手往脸上一抹，又说了一句：
"只要我想，我也有红脸蛋！"

虱子

只要大哥菲力克斯和胡萝卜须从圣马克学校回家，勒比克夫人就会让他们泡脚，因为在学校寄宿这三个月，他们从来不洗脚。校规上也没有规定这件事，他们便不会洗。

"你的脚得多黑啊，我可怜的胡萝卜须！"勒比克夫人说道。

　　她猜对了。胡萝卜的脚总是比大哥菲力克斯的要黑。为什么呢？这两个人生活在一起，遵循着同样的生活制度，生活在同样的环境里。三个月过后，大哥菲力克斯的脚确实不怎么白，不过胡萝卜须，用他自己的话说，他都快认不出自己的脚了。

　　他满心羞愧地像变魔术一样一下子把脚放进水里。大家还没看清这双脚什么时候脱下袜子，它们就和大哥菲力克斯的脚在盆里搅在一起了。不一会儿，一层厚厚的污垢就从这四只脏脚上浮了起来。

　　勒比克先生像往常一样，从一个窗口踱步到另一个窗口，反复阅读着儿子们学期末成绩单上的中学校长亲自写的评语。大哥菲力克斯的评语是："粗心，但是聪明。有前途。"

　　胡萝卜须的评语则是："只要努力就能有好成绩，但不总努力。"

　　得知胡萝卜须有时会取得不错的成绩，一家人都很开心。此时，他正双手交叉地放在膝盖上，舒适地泡着脚。他发现大家在审视他——那深红色的头发太长了，丑兮兮的，但他还是很高兴。勒比克先生不喜欢直白地表达感情，而是喜欢通过一种逗弄的方式展现自己的喜悦。他走到胡萝卜须面前的时候，会在他的耳朵上轻弹一下；走开的时候，还会用胳膊肘顶他一下，这时，胡萝卜须都会开怀大笑。

最后，勒比克先生把手伸到他那"一团乱毛"里，手指噼啪直响，好像要杀死虱子似的。这是他最喜欢的玩笑。

不过，他一下就杀死了一只。

"啊！真准，"他说，"我可真是一只都没漏。"

他觉得有点恶心，便把手在胡萝卜须的头发上蹭了蹭，这时，勒比克夫人就会把手朝上举起来，说道："我就知道，"她不堪忍受地说，"我的天啊！我们可是干净人家！艾尔奈丝蒂娜，快跑去拿一盆水来，我的姑娘，这下你可有活儿干了。"

姐姐艾尔奈丝蒂娜拿来了一盆水、一把篦子、一碟子醋，便开始给他捉虱子。

"先给我篦！"大哥菲力克斯叫道，"我确信他肯定传给我了。"

他疯狂地用手指挠着头发，这时候要是有一桶水的话，他会把整个脑袋放进去。

"冷静点，菲力克斯，"喜欢帮忙的姐姐艾尔奈丝蒂娜说，"我不会把你弄疼的。"

她在他的脖子上围上了一条毛巾，像一个妈妈一样灵活、耐心。她用一只手把头发分开，另一只手仔细地拿着篦子，既没有轻蔑地撇嘴，也没有怕这些虱子爬到自己身上。

当她说"又一只"时，大哥菲力克斯便会狠狠地踹着脸盆，挥着拳头，威胁胡萝卜须，而那位则安静地等待着，不知道什么时候能轮到他。

"你的捉完了，菲力克斯，"姐姐艾尔奈丝蒂娜说，"你只有七八个；数一数吧。现在该轮到数胡萝卜须的虱子了。"

篦第一下时，胡萝卜须就赢过他哥哥了。姐姐艾尔奈丝蒂娜甚至以为自己篦到了虱子窝，实际上她只不过碰巧篦到了一群虱子而已。

大家围住了胡萝卜须。姐姐艾尔奈丝蒂娜更加努力了。勒比克先生把手放在背后，关注着她的活计，像个好奇的陌生人一样。勒比克夫人则发出抱怨的叹息声。

"哦！哦！"她说，"得用锹和耙了。"

大哥菲力克斯一边蹲着，摇晃着脸盆，一边接着虱子。虱子们被头皮屑包裹着纷纷落下。人们甚至可以看到它们的小细腿，就像被剪下来的牛毛一样。虱子随着脸盆里的水荡来荡去，不一会儿，醋就把它们都杀死了。

勒比克夫人："真的，胡萝卜须，我们可真不明白你了。你这个年龄已经是大小伙子了，你应该为自己感到脸红。我先不管你的脚，也许你只有在家里才能看到它们。但是虱子们会咬你，可你既没让老师监督你，也没让家人照料你。请给我解释一下，请问，你活生生地被咬有什么乐趣？看，你头发里全是血。"

胡萝卜须："是篦子把我头皮划破了。"

勒比克夫人："啊！是篦子。你就是这样感谢你的姐姐的？你听见他的话了吗，艾尔奈丝蒂娜？这位先生，真讲究，抱怨起他的理发师了。我建议你，我的女儿，立刻把这个自愿的受虐者交给他的虫子们吧。"

姐姐艾尔奈丝蒂娜："我今天就弄到这里吧，妈妈。我只是把大个儿的都篦了，明天我再来第二轮。"

勒比克夫人："至于你，胡萝卜须，拿起你的脸盆，把它放到花园的墙上展示去吧。得让整个村子都来看看，你才能有点羞愧感。"

胡萝卜须端起脸盆出去了。他把它放在太阳底下，在一旁守着。

玛丽·纳奈特老婆婆第一个走了过来。每次她遇到胡萝卜须时，都会停下来，用她那近视且狡黠的目光打量着他。她还会不时用手动动她那顶黑色的软帽，好像在猜测着什么事情。

"这是什么？"她问道。

胡萝卜须没回答。她弯腰看向水盆。

"这些是小扁豆吗？实话说，我看不太清楚。我儿子皮埃尔应该给我买一副眼镜。"

她用手指摸一下，好像要品尝。显而易见，她没看清楚那是什么。

"你……你在这干吗呢，一脸赌气的样子？我猜，你被训斥了，正在这里受罚呢。听着，我不是你的祖母，但我觉得我想的是对的，我同情你，我可怜的小家伙，因为我知道他们把你折磨得很难受。"

胡萝卜须抬眼看了下，确定他的母亲听不到他说话后，对玛丽·纳奈特老婆婆说："然后呢？这关您什么事吗？管好您自己的事吧，让我清静会儿吧。"

像布鲁特斯一样

勒比克先生："胡萝卜须，你去年没像我希望的那样用功。你的成绩单说明你能够做得更好。你胡思乱想，还读禁书。你记忆力很棒，上课的分数很高，却没有好好做作业。胡萝卜须，你得认真起来了。"

胡萝卜须："相信我吧，爸爸。我承认，我去年是有点放松了。今年，我特别愿意用功学习。不过，我也不能承诺你所有功课都得第一。"

勒比克先生："还是试试吧。"

胡萝卜须："不，爸爸，你对我要求太高了。我的地理不行，德语也不行，物理和化学也不行，有几个同学别的不怎么样，就这几门课厉害。超过他们是不太可能的。不过我想——听着，我的爸爸——在语文作文上，我还是能获得不错的名次并且保持住的，而且如果我努力过了，就算没有得奖，我也没有什么要自责的了，我可以像布鲁特斯一样骄傲地喊道：'哦，美德！你不过是个名词罢了。'"

勒比克先生："啊！我的小伙子，我相信你会搞好这些科目的。"

大哥菲力克斯："他说什么了，爸爸？"

姐姐艾尔奈丝蒂娜："我……我没听见。"

勒比克夫人："我也没听见。重复来听听，胡萝卜须？"

胡萝卜须："哦！没说什么，妈妈。"

勒比克夫人："什么？你什么也没说？看你一副高谈阔论的样子，满脸通红，胡乱挥动拳头，声音都传到村子另一头儿了！重复一下刚才那句话，好让所有人都见识见识。"

胡萝卜须："没这个必要，就这样吧，妈妈。"

勒比克夫人："有，有，你刚才提到了一个人。你刚才说的是谁？"

胡萝卜须："你不认识他，妈妈。"

勒比克夫人："那就更应该说了。你先端正一下态度，然后再回答我。"

胡萝卜须："那好吧，妈妈，我在和我的爸爸聊天，他给了些朋友般的建议。无意间，我也不知道想起了什么，我为了感谢他，为了做出承诺，举了一个叫布鲁特斯的罗马人的例子，引用他关于美德的……"

勒比克夫人："德德德德，你鸭子扑水呢。我让你重复一下，一个字也别变，用同样的语调，说一遍你刚才的那句话。我又没跟你要求什么了不起的东西，为你的母亲做这件事有什么的？"

大哥菲力克斯："您希望我来重复吗，妈妈？"

勒比克夫人："不，他先来，你随后，然后我比较一下。来吧，胡萝卜须，快点儿。"

胡萝卜须结巴了，重复道："美德……德，你……你不过是个……个名词罢了。"

勒比克夫人："我真的太绝望了。从这小子身上什么也得不到。他宁可挨打，也不想让他母亲开心。"

大哥菲力克斯："看，妈妈，他刚才是这样的：他转动眼珠，投射出蔑视的目光，说道，'如果我的作文不是第一名，'他鼓起腮帮子，用脚跺地，'我会像布鲁特斯一样喊道，'他把胳膊举向天花板，'哦，美德！'说完，胳膊又垂到大腿上，'你不过是个名词罢了！'他就是这么说的。"

勒比克夫人："很好，太棒了！祝贺你！胡萝卜须，我真为你的固执感到难过，因为模仿的是比不了原创的。"

大哥菲力克斯："不过，胡萝卜须，真是布鲁特斯说的吗？不是加图吗？"

胡萝卜须："我确信是布鲁特斯，接下来'随后，他便扑到了一把朋友递来的剑上，死去了。'"

姐姐艾尔奈丝蒂娜："胡萝卜须说得对。我记得布鲁特斯还假装自己疯了，把金子塞进了一个手杖里。"

胡萝卜须："不好意思，姐姐，你搞错了。你把我说的布鲁特斯和另一个搞混了。"

姐姐艾尔奈丝蒂娜说道："我一直都是这么以为的。不过，我跟你保证，苏菲小姐给我们上的历史课比你们中学老师讲得好。"

勒比克夫人说："这不重要。不要再争论了。重要的是家里要有一个布鲁特斯，而现在我们就有了一个。借胡萝卜须的光，别人羡慕我们呢！我们都不知道自己这么荣幸。你们快来赞赏这位新布鲁特斯吧。他像主教一样说着拉丁文，却拒绝给聋人念两遍弥撒。你们把他转过来，正面看看他：他今天刚新穿了一件外套，就已经弄脏了，看看他的背面，裤子都扯破了。老天呀，他这是钻哪儿去了？看看这个布鲁特斯胡萝卜须的样子吧！这个小野兽，快滚！"

胡萝卜须给勒比克先生的信及回复和
勒比克先生给胡萝卜须的信选摘

胡萝卜须给勒比克先生的信

圣马克学校

我亲爱的爸爸：

假期里的钓鱼活动让我的身体生病了。一些大疖子在我腿上冒出来了。我卧病在床,护士给我敷了药膏。疖子还没冒出来的时候,是我最疼的时候。之后,我就不想它了。但它们就像小鸡一样越来越多。好了一个,又有三个冒出来了。我希望快点好起来。

勒比克先生的回信

我亲爱的胡萝卜须:

既然你准备要去参加初领圣体和上教理课,你就应该知道人类身上有钉子的历史并不是从你开始的。耶稣基督手上和脚上都有。他没有抱怨,况且,他身上的钉子是真的。

勇敢些!

爱你的父亲

胡萝卜须给勒比克先生的信

我亲爱的爸爸:

让我高兴地告诉您,我长了一颗牙。尽管我还没到相应的年龄,但我相信这是一颗早熟的智齿。我希望它不会成为仅有的那颗,我希望用我良好的品行和学习成绩让您一直满意。

您深情的儿子

勒比克先生的回信

我亲爱的胡萝卜须：

正当你的牙齿长出来时，我的一颗牙齿却松动了。这颗牙昨天早上掉了。因此你多了一颗牙，你的父亲少了一颗牙。所以，什么也没有变，家里牙齿的总数还是一样的。

爱你的父亲

胡萝卜须给勒比克先生的信

我亲爱的爸爸：

昨天是我们拉丁课老师雅克先生的生日，大家一致推选我代表全班给他送上祝福。我很荣幸，准备了很长的一段话，中间还穿插着引用了一些拉丁文。不谦虚地说，我对这个发言稿很满意。我把它誊抄在一张很大的信纸上，那天到了，我的同学们悄声鼓励我："快去，去吧！"我很激动，趁着雅克先生有一会儿没在看我们，我来到了他的椅子前面。可是我刚刚展开信纸，字正腔圆地用力念道"尊敬的老师"，雅克先生就愤怒地站了起来，喊道："您能不能赶快回到您的位置上去！"您想象一下，我立刻跑回去坐下的样子，我的朋友们都用书挡着脸。雅克先生生气地命令我说："翻译这段拉丁文。"

我亲爱的爸爸，您怎么看？

勒比克先生的回信

我亲爱的胡萝卜须：

当你当选议员时，你还会看到这种事情。每个人都有他的角色。如果人们把你的老师放在讲台上，大概是为了让他讲话而不是让他听你讲话。

胡萝卜须给勒比克先生的信

我亲爱的爸爸：

我刚刚把您的野兔给了我们的史地老师勒葛利先生。我确定他很喜欢这个礼物。他热情地感谢了您。因为我是带着湿漉漉的雨伞拜访他的，他亲自把雨伞接了过去，放在了门厅里。然后，我们就闲聊了起来。他跟我说我如果愿意努力，年终可以获得史地课的第一名。但是您相信吗，在我们整个谈话期间，我都站着，勒葛利先生都没有指给我一把椅子让我坐下，可除此之外，他都很可亲。

他是忘了呢，还是对我不礼貌呢？

我不明白，我亲爱的爸爸，我很好奇，想知道您的意见。

勒比克先生的回信

我亲爱的胡萝卜须：

你总是在抗议。你因为雅克先生让你回到座位坐下而抗议，又因为勒葛利先生让你站着而抗议。可能你还太小，还不能要求别人尊重你。如果勒葛利先生没有给你椅子坐，你要原谅他；一定是因为你太矮了，他还以为你是坐着的。

胡萝卜须给勒比克先生的信

我亲爱的爸爸：

我听说您要去巴黎了，您和我分享一些游览首都的喜悦吧。我也想去那儿看看，我的心会和您在一起。我知道我的学业让我无法去旅行，不过，我想借此机会问问您能不能给我买一两本书。我现有的书已经都熟记于心了。再随便挑两本就行。实际上，它们的价值都是一样的。不过，我很想要弗朗索瓦-马利·阿鲁埃·伏尔泰的《亨利亚德》和让-雅克·卢梭的《新爱洛伊丝》。如果您能把它们给我带来（书在巴黎很便宜），我向您保证，它们不会被学监没收。

勒比克先生的回信

我亲爱的胡萝卜须：

你跟我讲的这些作家也是和你我一样的人。他们做过的事，你也能做。你写几本书，然后你再去读。

勒比克先生给胡萝卜须的信

我亲爱的胡萝卜须：

你今天早上的这封信让我非常惊讶。我白白读了好几遍。信里不是你平常的风格，而且还说了些奇怪的事情，既不是你能力范畴里的，也非我能力所及的。

通常，你都跟我们讲你的一些琐事，你获得的名次，你发现的每个老师的优缺点，你新同学的名字，你衣服的情况，你睡得如何，吃得怎样。

这是让我感兴趣的。今天，我却理解不了了。请你解释一下，我们现在是在冬天，这个春天的散步是什么意思？你想说什么？你是需要一条围巾吗？你的信也没有署日期，不知道你是写给我的还是写给一条狗的。我发现信的格式也变了。里面的分行和大写字母的数量都让我很困惑。总之，你好像是在嘲笑某人。我觉得被嘲笑的人是你，我在此并不指出你犯了过错，只是向你提出批评。

胡萝卜须给勒比克先生的信

我亲爱的爸爸：

匆忙用一句话给您解释一下我的上一封信。您没有发现它是诗体的。

小屋

　　这间小屋里依次住过鸡、兔子和猪，现在空出来了，胡萝卜须放假时，就完全归他了。因为这个小屋没有门，他很容易就能钻进去。几丛细长的荨麻装饰着门槛，如果胡萝卜须贴着地面看向它们，它们俨然一片小丛林。小屋的地上有一层薄灰。石头墙壁上，潮湿的水珠泛着光。胡萝卜须的头发能蹭到屋顶。在这里，他就像在自己家一样，沉浸在自己新鲜有趣的想象世界里，什么玩具他都不稀罕了。

在这里，他最主要的娱乐活动就是在小屋里玩土。他的手就像是镘刀一样，把地上的土都拢到一起，然后稳稳地坐在土堆上面。

背靠着光滑的墙壁，腿叠放在一起，双手交叉着放在膝盖上，他就住在这里，感觉非常舒服。他占的地方真的小得不能再小了。他忘记了全世界，也不再有什么烦恼，只是偶尔有一声雷鸣会打扰到他。

离这儿不远处是厨房的排水沟，流出来的水时大时小，当水流从他身旁流过时，会给他带来阵阵凉风。

突然，警报声响了起来。

寻找他的声音和脚步近了。

"胡萝卜须？胡萝卜须？"

一个脑袋低了下来，胡萝卜须把自己缩成一个球，努力往小屋的犄角里靠。他屏住呼吸，张大嘴巴，甚至连目光都直直的，静止不动，他知道有一双眼睛正在黑暗里搜寻着自己。

"胡萝卜须，你在这儿吗？"

他的太阳穴一鼓一鼓的，他觉得很煎熬，焦虑得就要喊出声了。

"他不在这儿，这个小畜生。他能在哪儿呢？"

这个人走远了，胡萝卜须的身体终于舒展、轻松了些。

他的思绪在这狭窄的静谧之中游走着。

突然，他的耳畔传来一阵响动。屋顶上，一只小飞虫被蜘蛛网粘住了，它在扑腾着，挣扎着。蜘蛛沿着一条蛛丝滑了下来，它的肚子像面包一样白，吊在空中，不安地摆弄着线团。

胡萝卜须探着身子，大气不出地窥视着它，当这只可怕的蜘蛛往前扑去，用爪子锁住了网，缚紧了它的猎物时，他激动地站了起来，好像他也要分一份似的。

什么都没有了。

蜘蛛又沿着蛛丝爬了上去。胡萝卜须重新坐下，静静地吸了一口气。

过了一会儿，他的思绪停滞了，就像一股细流被泥沙拖住了前行的脚步，也没有下行的滑坡可用，于是，它停止了，变成了一个小水洼，一动也不动了。

猫

（一）

胡萝卜须听人说过：钓虾，最好的诱饵是猫肉，不管是鸡杂还是猪下水都不如它。

正好，他知道一只遭人嫌弃的猫，又老又病，身上的毛掉得一块一块的。胡萝卜须把这只猫引到了他的小屋来，给它喝上一杯牛奶。小屋里只有他们俩。没准也会有一只老鼠在墙外冒险，不过，胡萝卜须只准备了一杯牛奶。他把牛奶杯放在一个角落里，把猫赶了过去，说："享用吧。"

他抚摸着它的脊背，温柔地念着它的名字，观察着它用舌头快速地舔着牛奶，动了怜悯之心。

"可怜的老家伙，享受你的剩余时光吧。"

猫把杯子里的牛奶喝光了，杯底和杯沿都被舔干净了，现在它在舔自己那沾着甜味的嘴唇。

"都喝完了吧，全喝完了？"胡萝卜须问道，他还在抚摸着它，"毫无疑问，你肯定还能再喝一杯，不过，我只能偷来这一杯。另外，或早或晚！……"

他说着，把他的卡宾枪顶在了猫的头上。

猎枪发出的巨响差点把胡萝卜须都震晕了。他甚至以为屋顶都被掀飞了呢，当烟雾消散后，他看到那只猫躺在自己的脚下，一动不动。

猫的半个脑袋都被不见了，血都流到牛奶杯里。

"它好像没死，"胡萝卜须说，"该死，我瞄得很准啊。"

他没敢动弹，因为猫的那只独眼泛着黄光，让他害怕。

猫的身子还在颤动着，说明它还活着，但是它却不能再动了，好像还故意要把血都流到杯子里。

胡萝卜须杀生可不是个新手。他杀过野鸟、家禽，还杀过一条狗。有时为了自己取乐，有时为了别人的乐子。他知道接下来应该怎么做。如果这畜生还有一口气，就得加快速度，了结它，如果必要的话，还得冒险进行近身搏斗。否则，虚伪的多愁善感就会战胜他，人就变软弱了。一旦浪费了最佳时间，这场杀戮就会变得没完没了。

起初，他小心地试探了几下。

后来，这只垂死的猫用爪子在空中疯狂地乱抓，身子缩成一团又展开，但已经叫不出声了。

"谁跟我说过猫临死前会哭的？"胡萝卜须说。

他有些不耐烦了。他扔下卡宾枪，用胳膊摁住猫，猫爪子抓到了他的肉里，他血涌上身，激动地咬着牙，把它掐死了。

他累得喘不过气来了，一脸精疲力竭的样子，摇晃着倒在了地上。他的脸贴着猫的脸，两只眼睛看着猫的独眼。

（二）

胡萝卜须现在正躺在他的那张铁床上。

他的父母和接到消息匆忙赶来的父母的朋友们，弯着腰参观低矮的小屋，那个刚刚发生了一场悲剧的地方。

"啊！"他的母亲说，"我用了一百倍的力气才把那只烂猫从他胸口夺了过来。我跟你们说，他抱我都没抱过这么紧。"

她向大家讲述着这些残酷的场景，稍晚些，这件事情会在邻里间聊天时被越描越传奇。而此时胡萝卜须在睡觉，进入了梦乡：

他梦见自己在一条小溪边散步，永恒的月亮洒下光芒，在水面晃动着，交错着，就好像织布机上的银针。

在捕虾网上，猫肉在清澈的水里发出熊熊的火光。

白雾贴着草地飘了过来，也许里面藏着轻盈的幽灵。

胡萝卜须的双手放在背后，向他们证明，自己没什么好怕的。

一头牛靠近了，停下来喘气，然后又跑远了，蹄子的响声直传到天边，然后它消失了。

这条小溪就像一群爱嚼舌头的老太太一样惹人心烦，如果它能不发出什么声音，该有多安静。

胡萝卜须从捕虾网上轻轻抽了一根铁棍，好像为了让小溪安静，做出要打它的架势，突然，从芦苇丛中一下子冒出来好多巨大的虾。

它们越来越多，跳出了水面，活蹦乱跳的，泛着亮光。

恐惧让胡萝卜须的身体变得沉重，他逃不了了。

虾们把他围住了。

虾们朝他的喉咙爬了过去。

虾们发出噼啪的声音。

它们已经张开了巨大的钳子。

羊

　　起初，胡萝卜须只看到一些模糊的蹿动的圆球，发出一阵嘈杂的叫声，好像雨天学校操场上玩闹的孩子。它们中的一只跳到了他的腿上，这让他觉得有些不安。另一只跳到了天窗投射进来的光线里。这是一只羊羔。胡萝卜须笑了，自己刚才居然还害怕了。现在，他的眼睛逐渐适应了黑暗，一些细节也都能看得清楚了。

羊繁育的季节到了。每天早上，帕加罗的农场里都会多出两三只羊羔来。这些新生的羊羔散在母羊们中间，笨拙地站着，僵硬的腿打着战，好像四根小木棍。

胡萝卜须还不敢抚摸它们。羊羔们更胆大，它们舔舐着他的皮鞋，还把前蹄放在他的身上，嘴里叼着根干草。

那些已经出生一周多点的羊羔，后腿猛地发力，屁股在空中扭来扭去。那些刚出生一天的弱小羊羔，精精神神地尝试着站起来，结果，那瘦削的膝盖又跪倒了。还有一个小羊羔刚生出来，身上都是黏液，母羊还没有把它舔干净。原来，它的母亲正因身上饱胀奶水的乳房而像个气球一样颠来颠去，行动起来很笨拙，就用头把它推开了。

"一个坏母亲！"胡萝卜须说。

"牲畜和人类一样。"帕加罗说。

"它肯定想让别的羊替它奶孩子。"

"差不多，"帕加罗说，"我们总是得给不止一个羊羔用奶瓶喂奶，就是我们在药店里买到的那种奶瓶。但也不会一直这样下去的，它们的母亲总会心软的。另外，我们也会制服它们的。"

说着，他抓起母羊的肩膀，把它单独关到了一个笼子里；又在它脖子上系上了一条草编的绳子。万一它跑了，还可以靠这个找到它。羊羔跟在母亲身边，母羊大声地嚼着草料，小羊羔则颤巍巍地站着，用它孱弱的四肢支撑着身子，自己找奶吃。只听它哀声叫着，脸上溅满了奶汁。

"您觉得它的妈妈会好好对它吗？"胡萝卜须问。

"是的，等它的身体康复了，"帕加罗说，"它生产时可是很不容易的。"

"我还是坚持我的想法，"胡萝卜须说，"为什么不暂时把这只羊羔先托付给别的羊照顾？"

"别的母羊不会同意的。"帕加罗说。

这时，羊舍那边传来母羊们的咩咩叫声，喂奶的时候到了。胡萝卜须觉得这些叫声好像都是一样的，但是羊羔却听出了区别，每只羊羔都径直朝自己母亲身下冲了过去。

"在这儿，"帕加罗说，"不会有偷孩子的。"

"真奇怪，"胡萝卜须说，"这些蠢羊竟然有分

辨家人的天分。怎么解释呢？也许是因为它们的嗅觉很
灵敏。"

他甚至想堵住一只羊的鼻子来试试看。

胡萝卜须在深刻地将人类和羊做比较，还想知道羊
羔们是否也有名字。

羊羔们贪婪地吸吮着妈妈的奶汁，母羊的肚子被它
们用鼻子使劲地顶来顶去也毫不在意，只心无旁骛地吃
着草料。胡萝卜须发现在水槽里有一些烂铁链、破轮上
的铁箍和一把旧的铁锹。

"您的水槽可真干净啊！"他顽皮地说，"没错，
您肯定是用铁来给牲口们补血吧！"

"正是，"帕加罗说，"你也相信这一套啊！"

他想请胡萝卜须品尝一下水槽里的水。为了让这水
能更有营养，他可是什么都往里扔。

"你想要一只小宠物吗？"他说。

"当然啦，谢啦。"虽然不知道会得到什么，胡萝
卜须已经提前道谢了。

帕加罗把手伸进一只母羊的厚毛里，在那儿摸来摸
去，最后抓出了一只黄色的、圆鼓鼓的"宠物"，它显

然已经吃得饱饱的了，看上去胖嘟嘟的。据帕加罗说，两个这么大的东西就能把一个小孩儿脑袋吞下去，就像吃个李子似的。他把它放到了胡萝卜须的手心，跟他说，如果他想找乐子，可以把它放到他哥哥或姐姐的脖子或头发里。

这只虫子现在向胡萝卜须的皮肤发起了进攻。胡萝卜须发觉手指阵阵刺痛，好像被冰雹砸了一样。不一会儿，这种疼痛感就传到了手腕，又传到了胳膊肘。这只虫子好像在迅速繁殖，要从胳膊一直咬到肩膀。

见鬼，胡萝卜须抓住了它，一下就把它捏烂了，然后在一只母羊背上擦了擦手，没有让帕加罗察觉。

要是帕加罗问起来，他就说把它弄丢了。

胡萝卜须又凝神听了一会儿咩咩的羊叫。这声音渐渐地安静下来。不一会儿，便只能听见草料在羊嘴里被缓慢嚼动发出的声音了。

一件褪色了的条纹粗羊毛大衣挂在草料饲槽的栅条上，好像在孤独地看守着羊群。

教父

有时候，勒比克夫人会允许胡萝卜须去看望他的教父，并且在他那儿过夜。这是个性情粗暴的孤僻老头儿，平时喜欢钓鱼或在葡萄园里干活儿。他不喜欢也受不了任何人，胡萝卜须除外。

"你来啦，小家伙！"他说。

"是的，教父。"胡萝卜须说着，也没有要行贴面礼的意思，"你给我准备钓竿了吗？"

"我们两个人用一个就足够了。"教父说。

胡萝卜须打开谷仓的大门，看见他的钓竿其实已经准备好了。他的教父总这样和他开玩笑，不过胡萝卜须知道他的脾气，也不生气。这个老头儿的怪癖也不会让他俩关系变糟。当他说是的时候，他的意思是不，反之亦然。只要不搞错这个就行了。

"如果这样做会让他开心，我是丝毫不介意的。"胡萝卜须想。

他们总是相处得很愉快。

教父一般一周只做一次饭，而这次为了欢迎胡萝卜须，他特地做了一大锅菜豆，还放了一大块肥肉，为了让这天有仪式感，还请他喝了一杯葡萄酒。

之后，他们就去钓鱼了。

教父坐在水边上，不慌不忙地展开他那产自佛罗伦萨的钓鱼丝，又用几块大石头把钓鱼竿压住。钓到鱼的时候，他只留下最大个儿的，用毛巾把新鲜的鱼包起来，就像裹孩子一样。

"你得注意，"他对胡萝卜须说，"等你的浮漂沉三下了以后再抬竿。"

胡萝卜须:"为什么要这样呢?"

教父:"第一下没什么意义,鱼儿在咬诱饵。第二下是实实在在的,它把诱饵吞下去了。第三下,它被稳稳地钩住了,跑不了了。当然,起竿不要迟。"

胡萝卜须喜欢钓鮈鱼。

他脱了鞋,跳进河里,用脚搅动着河底的泥沙,好让水变得浑浊起来。傻乎乎的鮈鱼游了起来,胡萝卜须每次放下钓竿就能钓上一条来。他忙得连喊教父的工夫都差点没有:"十六条,十七条,十八条!……"

教父抬头看了看天,太阳已经升到头顶,于是喊上胡萝卜须回去吃午餐了。他填鸭似的往胡萝卜须的嘴里塞了很多菜豆。

"我觉得这个菜豆最好吃,"他说,"不过,我喜欢煮烂吃。我宁可去啃一块铁镐,也不愿意吃牙咬不动的菜豆,那感觉就好像在吃山鹑时从里面吃出一个铅粒一样。"

胡萝卜须:"这些菜豆入口即化。妈妈煮的菜豆也很不错,不过也比不上这个。她应该好好调下奶油酱。"

教父："小家伙，我看你吃饭真高兴。我敢打赌，你在你母亲那里肯定吃得不尽兴。"

胡萝卜须："都要看她的胃口怎么样。如果她饿了，我就也跟着吃。她给自己盛饭的时候也会再给我添上一份。如果她吃完了，我也就吃完了。"

教父："你可以再要，傻瓜。"

胡萝卜须："这说得容易，我的老伙计。吃不饱也挺好。"

教父："我是没有孩子，如果我有个猴子当孩子，叫我舔猴屁股我都愿意呢！把这些收拾了吧。"

下午，他们在葡萄园里度过。胡萝卜须一会儿看他的教父挥舞锄头，一步一步地跟着他；一会儿躺在一片葡萄藤下，眼望着天，吮吸着柳条上的嫩芽。

泉水

和教父睡在一起可并不舒服。房间是冷的，但鸭绒床垫又太热，这些鸭绒对教父的老骨头来说很柔软，但很快就让这个教子浑身是汗。不过，能睡在远离他母亲的地方，胡萝卜须还是很开心的。

"所以，她挺让你害怕的？"教父说。

胡萝卜须："或者说，我没足够让她害怕。当她想教训我哥哥的时候，他就会拿起一把扫帚，杵在她面前。我跟你说，她见状就停下来了。然后，她就会试着感化他。她说菲力克斯是个好孩子，不需要用拳头来教育，拳头更适合胡萝卜须。"

教父："你也应该试试拿起扫帚，胡萝卜须。"

胡萝卜须："啊！我哪儿敢！我们经常打架，菲力克斯和我，有时因为争执，有时因为逗着玩。我和他一样强壮，一点也不害怕他。可要是换作我拿着扫帚对抗妈妈，她一定会以为我是递给她的呢。扫帚会从我手里落到她手里，没准，在她打我之前还会对我说声谢谢。"

教父："睡吧，小家伙，睡吧！"

然而，两个人谁也睡不着。胡萝卜须翻来覆去，他觉得闷得慌，想换口气，而他的老教父则觉得他实在可怜。

突然，正在胡萝卜须要睡着时，教父抓住了他的胳膊。

"你在这儿吗，小家伙？"他说，"我做梦了，我以为你还掉在那口泉里面呢。你还记得那口泉吗？"

胡萝卜须："就好像刚刚发生那样，教父。我并不责怪你，不过，你怎么总跟我说起这件事？"

教父："我可怜的小家伙，只要我一想起来，我就浑身哆嗦。我在草地上睡着了。你在泉边玩，你滑了一下，掉了进去；你大喊着，挣扎着，而我，这个坏蛋，我什么也没听见。那点水勉强能淹死一只猫，可你就是站不起来。这就是不幸所在，你就不想着站起来吗？"

胡萝卜须："你觉得我还记得自己在泉水里时想些什么了吗？"

教父："最后，你扑腾水的声音把我惊醒了。好在还来得及。可怜的小家伙！可怜的小家伙！你就像水泵一样往外吐水。后来，人们给你换上了衣服，给你穿了小伯纳德礼拜日时穿的衣服。"

胡萝卜须："是的，那衣服扎得我难受。我一直在抓自己。那是一件用马毛做的礼服吗？"

教父："不，可是小伯纳德没有合适的衣服借给你。我现在可以开玩笑，可是当时再晚个一两分钟，我就只能把你的尸体捞出来了。"

胡萝卜须："那我就远离这个世界了。"

　　教父："住嘴。我今天怎么了，尽说些蠢话。从那以后，我再也没睡过一个好觉。我失眠了，这是对我的惩罚，是我应得的。"

　　胡萝卜须："可我，教父，我不应该受到惩罚，我想睡觉。"

　　教父："睡吧，小家伙，睡吧。"

　　胡萝卜须："如果你想让我睡觉，我的老教父，就松开我的手。在我睡着后，我再把它还给你。把你的腿也拿开，你的腿上有毛蹭得我痒痒的。别人挨我太近时，我会睡不着。"

李子

过了好一会儿，他们俩仍在床上辗转难眠。教父问道："胡萝卜须，你睡了吗？"

胡萝卜须："没有，教父。"

教父："我也没有。我想起来了。如果你也想的话，我们就去外面捉虫子吧。"

"这是个好主意。"胡萝卜须说。

他们跳下床，穿上衣服，提上一盏灯，来到了园子里。

胡萝卜须提着灯，教父拿着一只白铁盒子，里面装着半盒子湿土。这里面装着他们钓鱼用的虫子，上面还盖上了一层潮湿的苔藓。每当雨下了一整天后，他们就会有很可观的收获。

"小心，别踩到它们。"他对胡萝卜须说，"慢点儿，要不是我怕感冒，就穿一双软底鞋了。稍微有点响动，虫子就会钻回洞里去。只有在它离洞远了的时候，我们才能抓到它。你得突然出手，还要用点力捏住，这样它才不会跑掉。如果它已经半截身子钻进土里了，就放开它吧，否则会把它揪断的。一只断了的虫子什么价值也没有，还会感染其他虫子。再说了，讲究的鱼也看不上它。有些钓鱼的人在使用虫子上面很节俭，他们这样其实是错的。只有用整条的活虫子才能钓上好鱼来：这些虫子在水里面来回蜷动，鱼儿以为它是要逃跑，便紧追在后面，一口把它们吞下。"

"我总是抓不住它们，"胡萝卜须咕哝道，"我的手指也沾上了它们肮脏的黏液。"

教父："虫子不是肮脏的。虫子是世界上最干净的动物。虫子以土为食，就算哪天被压扁了，也终会回归泥土。至于我，我可以吃虫子。"

胡萝卜须："我的这条虫子给你了。你吃一个看看。"

教父："这些太肥了。吃之前，应该先把它们烤了，然后铺在面包上。不过，我会生吃那些小虫子，比如李子上的虫。"

胡萝卜须："是的，我知道。所以，我的家人都觉得你恶心，尤其是妈妈，每当她一想到你，她就恶心得想吐。而我，我喜欢你，不过，我不会学你。你并不难相处，我们在一起相处得真的很愉快。"

胡萝卜须举起灯，抓住了一根李子树枝，摘了几个李子。他把好的自己留下，把有虫洞的给了教父，教父看都没看，就把这些李子大口地吃了下去，说道："这是最好吃的。"

胡萝卜须："哦！我也想像你一样把它们都吃了。我只是怕嘴里会有股怪味被妈妈发现。"

"什么怪味也没有。"教父说完，朝他的教子脸上吹了口气。

胡萝卜须："真的。你嘴里只有烟味，不过，挺呛人。我很喜欢你，我的老教父，如果你不再抽烟的话，我会更喜欢你。"

教父："小家伙！小家伙！这个烟，我还是要抽的。"

马蒂尔德

"你知道吗，妈妈，"姐姐艾尔奈丝蒂娜气喘吁吁地和勒比克夫人说，"胡萝卜须又在和小马蒂尔德玩新郎新娘的游戏了，就在牧场那边。大哥菲力克斯给他们穿戴呢。如果我没记错的话，咱们家是不允许玩这个游戏的。"

此时，在牧场上，小马蒂尔德站得直挺挺的，一动

不动，她身上装饰着开着白花的野生铁线莲。她打扮得
很漂亮，好像一位戴着橙子花的新娘；她的美丽能安抚
生活里所有的烦恼。

　　她头上的花环是用铁线莲盘成的，花藤一簇簇地
散落下来，垂到了下巴、后背，又缠在胳膊上，围着身
体绕了几圈，最后还有一截花蔓垂在地上，就像一条拖
在地上的尾巴一样，大哥菲力克斯还在不厌其烦地往上
面接，越接越长。

　　他边往后退边说："别动了！胡萝卜须，该
你了。"

　　轮到胡萝卜须了，他被装扮成年轻的新郎，身上也
披着铁线莲的藤蔓，甚至还装点着罂粟、山楂果和黄色
的蒲公英，好和马蒂尔德区别开。三个人都保持着严肃
的神情，他们知道什么仪式里用什么态度是合适的：在
葬礼时，人们从始到终都要保持悲伤，而在婚礼时要一
直保持庄重的态度，直到做完弥撒。否则，玩起来就没
有乐趣了。

　　"你们拉起手，"大哥菲力克斯说，"向前走，走
慢一些。"

他们小步向前走着，保持着距离。当马蒂尔德被枝蔓绊住脚时，就停下来撩起裙子，用手拎着裙摆。胡萝卜须则绅士地等待她，抬着一只脚，时刻准备着继续前进。

大哥菲力克斯引领他们在牧场上走着。他面对着"新郎"和"新娘"，倒退着走，双手还比画，为他俩打着节奏，一会儿，装成镇长先生，向他们致意，一会儿又装作神父，为他们降福，再一会儿装成他们的亲友，向他们表达赞美和祝贺，最后又装成小提琴手，用一根木棍在另一根木棍上拉。

他让他们前后左右地走来走去。

"暂停一下！"他说，"这儿没弄好。"

说着，他用手压了一下马蒂尔德头上支棱起来的花环，又让他俩继续前进了。

"啊！"马蒂尔德突然发出一声怪叫。原来，铁线莲的一根枝蔓勾住了她的头发。大哥菲力克斯见状，急忙帮她扯掉了碍事的铁线莲。

仪式继续着。

"好了，"他说，"现在你们结婚了，你们可以亲吻啦。"

看到他俩在犹豫，他继续说道："好吧！怎么啦！亲吻吧。人们结完婚后就要亲吻。你们要互诉衷肠，表达心意。你们怎么看上去都愣愣的。"

他嘲笑他们的笨拙，或许，他早就说过一些谈情说爱的话了。他做样子先亲了马蒂尔德一下——这是他辛苦半天的酬劳吧。

胡萝卜须鼓起勇气，避开马蒂尔德脸上的铁线莲，亲了一下她的脸颊。

"我可没开玩笑，"他说，"我会和你结婚的。"

马蒂尔德就像胡萝卜须亲自己一样，也回亲了他。他俩一副笨拙又害羞的样子，两个人的脸都红透了。

大哥菲力克斯可不会放过这个机会，忙朝他们做鬼脸："脸红了！脸红了！"

他搓着手，跺着脚，嘴角带着轻蔑的笑容。

"这两人真傻！他们居然以为自己真的结婚了！"

"首先，"胡萝卜须说，"我没有脸红，你随便笑吧。但是你阻止不了我将来娶马蒂尔德，只要妈妈同意。"

可就在这个时候，妈妈亲自过来回复说她不愿意了。她推开了牧场的围栏，身后跟着打小报告的艾尔奈丝蒂娜。在经过篱笆边上的时候，她还顺手折了一枝藤条，摘净了叶子，只留下了刺。

她径直向胡萝卜须走去，一场劈头盖脸的暴风雨在所难免。

"小心点儿你的脸吧，要挨巴掌啦。"大哥菲力克斯说完，小跑到了牧场尽头，躲了起来，准备看热闹。

胡萝卜须从来不跑。平时，他很怯懦，而今天他却很勇敢，希望这件事能早点了结。

马蒂尔德颤抖着，抽抽噎噎的，哭得像个寡妇。

胡萝卜须："别担心。我了解我妈妈，她只是冲我来的。我会承受这一切。"

马蒂尔德："是的，可是你妈妈会去告诉我妈妈，我妈妈也会打我的。"

胡萝卜须："是纠正，我们说这是纠正，就像纠正假期作业的错误一样。你的妈妈也纠正你吗？"

马蒂尔德："有时候是，要看情况。"

胡萝卜须："对我来说，总是这样。"

马蒂尔德："可是我什么也没做。"

胡萝卜须："这没什么。小心！"

勒比克夫人走向他们。现在，他们落到她手心里了。她有的是时间，于是，放慢了脚步。她离得如此之近，以至于姐姐艾尔奈丝蒂娜都担心藤条会甩到自己身上，于是连忙躲远了。此刻，胡萝卜须在他那个哭泣的"妻子"前面站定，她身上的野生铁线莲缠作一团，白色的小花也都碎掉了。勒比克夫人已经举起藤条。胡萝卜须脸色苍白，交叉着双臂，缩着脖子，荆条还没落下来呢，他便已觉得腰间火辣辣的，小腿肚子也灼痛不已。

他骄傲地喊道："这有什么啊，我们只是在闹着玩！"

LE COFFRE-FORT

保险柜

第二天，胡萝卜须碰到了马蒂尔德，她对他说：
"你妈妈来把什么都告诉我妈妈了，我被揍了一顿屁
股。你呢？"

胡萝卜须："我，我不记得了。不过，你不应该挨
打，我们什么坏事也没做。"

马蒂尔德："是的，当然。"

　　胡萝卜须："我跟你保证我是认真的，我说过了，我以后一定会娶你。"

　　马蒂尔德："我也是，我以后也一定会嫁给你。"

　　胡萝卜须："我本来可以看不上你，因为你很穷，而我却很富有，不过你别担心，我很尊敬你的。"

　　马蒂尔德："你有多有钱，胡萝卜须？"

　　胡萝卜须："我父母至少有一百万。"

　　马蒂尔德："一百万是多少？"

　　胡萝卜须："就是很多，花也花不完。"

　　马蒂尔德："我父母经常抱怨他们没钱。"

　　胡萝卜须："哦！我父母也是。人人都抱怨自己没钱，好让别人同情自己，也好不让别人嫉妒。不过，我知道我们家有钱。每个月的第一天，爸爸都独自在他房间里待上一会儿。我能听到保险柜锁开了的声音。那锁发出的声音就像晚上雨蛙的叫声一样。爸爸会说一个谁都不知道的词，不管是妈妈、我的哥哥、我的姐姐还是其他人，除了爸爸和我谁都不知道，然后在他说完这个词以后，保险柜的门就打开了。爸爸从里面把钱取出来，再把它放到厨房的桌子上。他什么话也不说，只是故意把钱币摇晃出响声，好让在炉灶那儿忙活儿的妈妈听见。爸爸一出房间，妈妈就立刻把钱收好。每个月都是这样，已经持续很久了，所以保险柜里一定有不止一百万。"

马蒂尔德："他开保险柜时会说一个词。那是什么词呢？"

胡萝卜须："不用问了，这是白费力气。等我们结婚了，我会告诉你的，但前提是你保证永远保密。"

马蒂尔德："现在就告诉我。我现在就向你保证永远不会说出来。"

胡萝卜须："不行，这是爸爸和我的秘密。"

马蒂尔德："你是不知道这个词，如果你知道了，你就会告诉我了。"

胡萝卜须："不好意思，我知道。"

马蒂尔德："你不知道，你不知道。就是这样，就是这样。"

"我们打赌吧，我知道。"胡萝卜须严肃地说。

"赌什么？"马蒂尔德犹豫地问。

"你答应我一件事，"胡萝卜须说，"我就把这个词告诉你。"

马蒂尔德看着胡萝卜须，她没太明白他的意思。她几乎要闭上那双狡黠的灰眼睛了；现在她有两件好奇的事了，而不再是刚刚那一件。

"先告诉我这个词，胡萝卜须。"

胡萝卜须："你先发誓，答应我一件事。"

马蒂尔德："妈妈不让我发誓。"

胡萝卜须："那你就不会知道这个词。"

马蒂尔德："我才不稀罕你这个词呢。我猜出来了，是的，我猜出来了。"

胡萝卜须有点不耐烦了，他决定把那个词说出来算了。

"听着，马蒂尔德，你什么也没猜出来。不过，我相信你的承诺。爸爸在开保险柜前说的词是'鲁斯图克呼'。现在，我可以随便摸你了。"

"鲁斯图克呼！鲁斯图克呼！"马蒂尔德一边说着，一边往后退，她很开心，因为知道了一个秘密，又有点担心这个秘密没什么价值，"真的吗？你没有拿我开心吧？"

胡萝卜须没有回答，径直走上前，还伸着双手。马蒂尔德见状就跑掉了。胡萝卜须只听到了她的干笑声。

她的身影消失后，胡萝卜须却仍听到背后有人在冷笑。

他转过身。只见透过马厩的天窗，一个仆人探出了头，对他龇着牙。

"我看到你干的事了，胡萝卜须，"他喊道，"我会把这一切都告诉你母亲的。"

胡萝卜须："我在闹着玩呢，老皮埃尔。我想骗骗这个小姑娘。'鲁斯图克呼'是一个我乱编造的词。我不知道真的那个词。"

皮埃尔："放心吧，胡萝卜须，我才不关心什么鲁斯图克呼，我也不会和你的母亲提这个事。我会告诉她别的事。"

胡萝卜须："别的事？"

皮埃尔："是的，别的事。我看到你了，我看到了，胡萝卜须，别以为我没看见。啊！这么小的年龄就干这种事。今天晚上你就等着被揪耳朵吧！"

胡萝卜须一时想不出什么反驳的话。他的脸烧得通红，甚至比他的头发颜色都要红。他悻悻地离开了，一边把手插在兜里，一边使劲吸着气，像一只笨重的癞蛤蟆。

LES TÊTARDS

蝌蚪

　　胡萝卜须一个人在院子中间玩耍，这样一来，勒比克夫人就能从窗户看到他。这天，正当他乖乖地玩着时，他的同学雷米出现了。雷米和他同龄，虽然跛脚但却总爱跑，他残疾的左腿总是跟不上右腿。他提着一个篮子说："你来吗，胡萝卜须？我爸爸在河里浸麻呢。我们去帮他忙吧，还能用篮子捞蝌蚪。"

"你得去问问我的妈妈。"胡萝卜须说。

雷米："为什么是我呢？"

胡萝卜须："因为要是我问的话，她不会同意的。"

恰好在此刻，勒比克夫人出现在了窗口。

"夫人，"雷米说，"请问，您愿意让我带着胡萝卜须去捞蝌蚪吗？"

勒比克夫人好像没听清他在说什么，便把耳朵贴在玻璃上。雷米大喊着重复着。勒比克夫人听懂了。只见她的嘴巴在动，这两个好朋友却什么也听不清，相互看着对方，不知道如何是好。不过，勒比克夫人一直在摇头，很明显是不同意。

"她不愿意，"胡萝卜须说，"没错，她一会儿肯定需要我帮忙。"

雷米："倒霉，要不然咱们可以玩得很开心。她不愿意，她不愿意。"

胡萝卜须："留下来吧。我们在这儿玩。"

雷米："啊！不，才不呢。我更喜欢捞蝌蚪。天气不错。我会捞满一篮子。"

胡萝卜须："等一下。妈妈总是一开始先拒绝。然后，过了一会儿，她又改变主意。"

雷米："我只等一小会儿，不能多等。"

他俩直立在那儿，手插到口袋里，鬼头鬼脑地注意着楼梯间的动静。没过多一会儿，胡萝卜须用胳膊肘捅了捅雷米："我跟你说什么来着？"

没错，门打开了，勒比克夫人一只手拿着给胡萝卜须的篮子，走下了台阶。不过，她马上站住了，眼神里充满了疑虑。

"看，你还在这儿，雷米！我还以为你走了呢。我会告诉你的爸爸你到处闲逛，看他不教训你。"

雷米："夫人，是胡萝卜须让我等着的。"

勒比克夫人："啊！真的吗，胡萝卜须？"

胡萝卜须不知道说什么了，既不承认也没否定。他太了解勒比克夫人了。这一次又被他猜对了。既然雷米这个傻瓜把事情全搞砸了，胡萝卜须也对结局不抱什么期待了。他用脚蹍着地上的草，眼睛望向别处。

"我觉得，"她说，"我好像没有反悔的习惯。"

勒比克夫人不再说话了。

她又上楼去了，带着那只专门把新鲜核桃倒空了，用来给胡萝卜须捞蝌蚪的篮子回去了。

此刻，雷米也已经跑远了。

勒比克夫人从来不开玩笑，别的孩子总是小心翼翼地靠近她，怕她就跟怕学校里的老师似的。

雷米朝河那边逃去了。他跑得飞快，那总拖在后面的左腿刮着路上的尘土，就好像一只长柄锅在颠簸着。

胡萝卜须的这一天算是完了，他再也没心思玩了。

他这次输了。

懊悔感正向他逼近。

他等待着下一次的机会。

孤单袭来，他毫无防备，任凭苦恼涌动，这或许就是惩罚了。

戏剧性的变化

第一幕

勒比克夫人："你去哪儿？"

胡萝卜须（他戴上了新领带，还用口水蹭了蹭鞋子）："我要和爸爸去散步。"

勒比克夫人："我不许你去，你听到了吗？否则……"（她的右手抬起，好像要抽过来一样）

胡萝卜须低声说："明白了。"

第二幕

胡萝卜须（在落地钟旁边沉思）："我的愿望是什么？避免挨耳光。我计算过了，爸爸比妈妈打得少。那就算他倒霉了！"

第三幕

勒比克先生（他喜欢胡萝卜须，但从来不管他，总是为了生意在外面奔走）："来吧！出发吧。"

胡萝卜须："不，我的爸爸。"

勒比克先生："怎么，不来？你不愿意来吗？"

胡萝卜须："哦！我愿意！不过，我不能去。"

勒比克先生："那你告诉我，发生什么事了？"

胡萝卜须："什么事也没有，但是我不去。"

勒比克先生："啊！好的！你又胡思乱想了。你这真是让人捉摸不透！不知道我应该揪你哪一只耳朵！是你想去的，现在你又不想去了。那就留在家吧，哭鼻子去吧。"

第四幕

勒比克夫人（她总会小心谨慎地在门后偷听，这样就能听清楚了）："可怜的小心肝！（她充满爱抚地把手放到胡萝卜须的头发上）看你，都哭成个泪人啦，因为他的父亲……（她抬眼瞄了一眼勒比克先生……）想要强行带他出去。可不是你的母亲要残忍地折磨你呀。"（勒比克先生和勒比克夫人转身出去了）

第五幕

胡萝卜须（独自蜷缩在一个壁橱里，两个手指塞在嘴里，一个手指塞在鼻孔里）："可不是所有人都能成为孤儿的。"

EN CHASSE

打猎

　　勒比克先生轮流带着他的两个儿子去打猎。他们总是跟在他的后面，背着猎袋，靠着右边一点，这样就不会被枪误伤到。勒比克先生健步如飞。胡萝卜须紧跟着他，一点也不嫌累；不合脚的鞋子把脚都磨伤了，脚指头肿得像小锤子似的，也一声不吭。

　　如果勒比克先生在刚开始打猎的时候就杀死了一只

野兔，他就会说："你是想把它寄放在咱们经过的农场上，还是把它藏在一片篱笆下面，我们晚上回家时再取上它？"

"不，爸爸，"胡萝卜须说，"我更想随身带着它。"

有时，他会把两只野兔和五只山鹑背上一整天。他会把手或是手绢垫在猎袋的背带下面，好减轻肩膀的疼痛。如果他遇见了熟人，还会装模作样地把后背的猎物露给他看，这时，他好像暂时忘却了身上的重负。

不过，他也会有疲倦的时候，尤其是当什么猎物也没打到，虚荣心不能再继续支撑他的时候。

"在这儿等我，"有时，勒比克先生会对他说，"我去这块耕过的地里试试。"

胡萝卜须生着气，站在太阳底下等着。他看着他的父亲在田间走来走去，查找着每条垄，每个土坡，他的脚像耙子似的，好像想把整片土地都犁一遍。他用枪敲打着篱笆、灌木丛，可是现在就连皮拉姆也累得受不了了，它跑到一块阴凉地，趴下歇息，伸着舌头直喘粗气。

可是还是什么也没有，胡萝卜须想道。是啊，他净在那儿乱踩着荨麻和草料。如果我是一只野兔，就躲在沟里的草叶下面，这么热的天，我才不会出来呢！

他悄悄地埋怨着勒比克先生，说着一些嘲弄他的话。

此刻，勒比克先生正在翻越着一排篱笆，他跳了过来，继续拍打着一丛苜蓿草，要是在这里也找不到野兔就太奇怪了。

"他跟我说让我等着他，"胡萝卜须咕哝道，"现在我还得跟在他后面跑。一天开头不好，结束也糟糕。我一边小跑，一边流汗，爸爸把狗也累得够呛，我也腰酸背疼，就好像我们是一直在坐着休息似的。我们今天回去时准是一无所获。"

胡萝卜须就是这样单纯而迷信。

他每次用手碰自己的帽檐，皮拉姆就会突然站定，竖起毛，尾巴挺得直直的。这时的勒比克先生踮着脚，枪托架在肩膀上，小心地往前挪动。胡萝卜须见状一动也不动，稍有点什么动静都会把他吓得喘不上气来。

他把帽子举了起来。

只要看到他举起帽子，几只山鹑就会飞起来，或者突然蹿出来一只野兔。再看胡萝卜须，他有时把帽子戴上，有时会把帽子拿在手上做出行礼的动作，由此，就可以知道勒比克先生是失误还是打中了。

胡萝卜须也承认，这不是百试百灵的方法。这个动作重复多了便不再应验，好像运气也倦于总是响应同样的召唤。于是，胡萝卜须会偷偷地延长重复这个动作的时间间隔。

"你看到刚才那一枪了吗？"勒比克先生掂着一只身子还热乎着的野兔，"你笑什么？"

"因为多亏有我，您才猎到了它。"胡萝卜须说。

这只兔子让他重新骄傲起来，他向勒比克先生自信地陈述了这个奇妙的方法。

"你是认真的吗？"勒比克先生说。

胡萝卜须："当然！不过，我也不是从来不出错。"

勒比克先生："你闭嘴，傻瓜。如果你想保持你聪明的好名声，我就不建议你把这些蠢话说给陌生人听，人们会当面笑话你的。除非，你只说给你的父亲。"

胡萝卜须："我向您发誓，我不会告诉别人的，爸爸。不过您说得对，请原谅我，我不过是个头脑简单的傻瓜。"

LA MOUCHE

苍蝇

打猎继续着，胡萝卜须因为懊恼耸着肩膀，他觉得自己很蠢，便重新燃起热情追随着父亲的步伐，努力把自己的左脚落到勒比克先生左脚刚刚抬起的地方。勒比克先生的步子迈得很大，就好像在逃避哪个吃人的魔鬼似的。除了摘桑葚、野梨或李子，胡萝卜须一般不会轻易停下来。这些果子非常涩，但却能止渴。在猎袋里还装着一瓶烧酒，胡萝卜须一口接一口地全喝完了，此刻的勒比克先生沉醉于打猎，已经忘记和他要酒了。

"来一口酒吗，爸爸？"

风中传来一声拒绝。胡萝卜须把最后一口酒吞下后，脑袋晕乎乎的，又出发去追他的父亲了。突然，他停了下来，用一根手指在他的耳朵里使劲掏来掏去，然后假装在听什么声音，只听，他对勒比克先生喊道："你知道吗，爸爸，我觉得有只苍蝇在我的耳朵里。"

勒比克先生："把它掏出来，我的小伙子。"

胡萝卜须："它在最里面呢，我够不着它。我听见它在嗡嗡叫了。"

勒比克先生："等它自己死了吧。"

胡萝卜须："它要是产卵了呢？它要是在里面做窝了怎么办？"

勒比克先生："试试用长一点的东西把它弄死。"

胡萝卜须："倒点烧酒把它淹死呢？"

"你随便倒吧，"勒比克先生喊道，"不过快点儿。"

胡萝卜须把酒瓶贴在他的耳朵上，装作把酒瓶倒空了的样子，这样一来勒比克先生就不会跟他要酒了。

随后，胡萝卜须高兴地边跑边喊道："你知道吗，爸爸，我听不到苍蝇叫了。它应该是死了。只不过，它把所有的酒都喝光了。"

第一只山鹬

　　"你在这儿守着，"勒比克先生说，"这是最佳位置。我带着狗去那边树林里走走；我们会把山鹬赶过来，当你听到'皮特''皮特'的叫声时，就得竖起耳朵，睁大眼睛。那时，山鹬就会从你的头顶上空飞过。"

　　胡萝卜须怀里抱着猎枪。这是他第一次打山鹬。以前，他只打下过鹌鹑，给山鹬拔过毛，还用勒比克先生的猎枪差点儿打中一只野兔。

"你往后退点儿，"勒比克先生对他说，"你离得太近啦。"

可是胡萝卜须却本能地往前走了一步，用肩膀顶着猎枪，开了火，那只灰色圆球似的鹌鹑被轰进了土里。最后，他只找到了鹌鹑的几片羽毛。

不过，要让一个年轻的猎手获得名声，那是非得猎到一只山鹬不可的；看来，这个晚上要在胡萝卜须的人生里留下记号了。

众所周知，黄昏的时候看东西会不太清楚。这时候，什么东西的轮廓都很模糊。一只苍蝇嗡嗡地飞过来都会让人误以为是雷声靠近。所以，激动的胡萝卜须只希望自己别等太久。

从牧场飞回来的画眉鸟很快就钻进橡树林中去了。胡萝卜须要用这些鸟来练习瞄准。他用袖子擦了擦那枪口边的水汽。此时，他的头顶刚好飘下来几片干枯的落叶。

终于，两只山鹬飞过来了，长嘴让它们的飞翔显得笨拙；它们一前一后地追逐着，在窸窣作响的森林上空盘旋着。

它们发出了"皮特""皮特""皮特"的叫声，就像勒比克先生告诉过他的一样，但是这声音太小了，以至于胡萝卜须无法确定它们是在他这边。他的眼珠飞快地转动着，只见头上飞过来两个影子，他赶忙把枪托顶在肚子上，朝空中的某个方向开了一枪。

一只山鹬应声而落，嘴朝下，枪声美妙的回音响彻森林。

胡萝卜须捡起这只断了翅膀的山鹬，自豪地甩了甩它，猛吸着空中弥散的火药味。

皮拉姆赶在勒比克先生前面跑了过来，后者则和平时一样，走得不紧不慢。

"他肯定会大吃一惊的。"胡萝卜须想道，他已经准备好迎接赞美了。

只见勒比克先生拨开树枝，走到胡萝卜须跟前，以一种平静的声音对身上还散发着火药味的儿子说道："你为什么没有把这两只都打下来呢？"

L'HAMEÇON.

鱼钩

　　胡萝卜须正在那里刮鱼鳞，鲍鱼啊、欧鲌啊，甚至还有鲈鱼。他拿刀把鱼鳞刮干净，剖开鱼肚，用脚把透明的鱼鳔踩破，把内脏堆在一起留着喂猫。他紧着干活儿，全心投入，半个身子都伏在漂满白沫的水桶上，还得小心着自己的衣服，弄脏了可不好。

　　勒比克夫人走了过来，看他一眼。

"真好啊，"她说道，"你今天钓的这些让我们可以美美地享用一顿炸鱼大餐了。你还不笨，只要你愿意好好干。"

她用手抚摸着胡萝卜须的脖子和肩膀，可是，当她把手抽回来的刹那，却突然痛苦地叫了起来。

有个鱼钩刺进了她的手指头。

姐姐艾尔奈丝蒂娜跑了过来。大哥菲力克斯跟着她，过了一会儿，勒比克先生也到了。

"快给我们看看。"他们说道。

可是她用膝盖挤着手指头，还把手放在裙子里，鱼钩现在陷得更深了。大哥菲力克斯和姐姐艾尔奈丝蒂娜搀着她，勒比克先生拽着她的胳膊，把受伤的手揪了出来，每个人都看到了她的手指头。鱼钩已经把它穿透了！

勒比克先生尝试着把鱼钩弄出来。

"哦！不！别这么弄！"勒比克夫人尖声喊道。

实际上，鱼钩卡在了她的手指头里，一边露出鱼钩尖刺，一边露出环形的钩头。

勒比克先生戴上了他的夹鼻眼镜。

"真糟糕，"他说，"得弄断了这个鱼钩才行！"

可怎么弄得断呢！她丈夫刚要尝试，还没有用劲拽，勒比克夫人已经跳起来大叫了。人们是要挖她的心，要她的命吗？何况，这个鱼钩是用优质钢材制成的。

"好吧，"勒比克先生说，"得把肉割开才行。"

他推了推眼镜，拿出了一把小刀，开始轻轻地割这个手指头，刀刃很钝，割不破。他得用力，直冒汗。血终于流了出来。

"喔！啊！喔！啊！"勒比克夫人叫嚷着，把家人都吓得直哆嗦。

"再快些，爸爸！"姐姐艾尔奈丝蒂娜说道。

"别叫了！"大哥菲力克斯对他母亲说。

勒比克先生失去了耐心。小刀切破了肉，干脆胡乱割起来。勒比克夫人呻吟了两句"刽子手！刽子手！"后，晕了过去。

勒比克先生抓住这个机会。他脸色苍白，慌张地割着皮肉，在肉里面翻找着那个鱼钩，此刻，手指头已经成了一整个冒着血的大创口，鱼钩终于从里面掉出来了。

"喔唷！"一家人终于松了一口气。

这期间，胡萝卜须什么忙也没帮。在妈妈发出第一声叫喊时，他就逃走了。他坐在楼梯上，双手捧着脑袋，自顾自分析着这场意外事件。肯定是他在某次抛竿的时候，鱼钩挂在了他的后背上。

"我再也不奇怪为啥鱼不咬钩了。"他说道。

他听着母亲的呻吟声，一开始心里一点也不难过。过一会儿，不也要轮到他像她一样惨叫了吗？他的声音会比她还大，能叫多大声就叫多大声，直到把嗓子叫哑了，这样一来，她就算复了仇，就会放过他了吧？

被叫嚷声吸引过来的邻居们盯着他问："发生什么事了，胡萝卜须？"

他什么也不回答；他堵上耳朵，把满头红发的脑袋埋了起来。邻居们都站在楼梯底下，等着听新闻。

勒比克夫人终于出来了。她就像刚分娩完一样脸色苍白，她把精心包扎过的手指举在前面，骄傲于自己刚安然度过了一场巨大的风暴。她克服了手指的余痛。她对围观的人们微笑着，用几句话安慰了他们，并且温柔地对胡萝卜须说："你让我疼坏了，去吧，我亲爱的小家伙。哦！我不怪你。这不是你的错。"

她从来没有用这种语气和胡萝卜须说过话。他惊讶地抬起了头。他看到他母亲的手指用纱布和细绳缠裹着，干净又臃肿，就像个穷孩子的布娃娃。他那双干涸的眼眶里立刻涌满了泪水。

勒比克夫人弯下腰来。他以为自己要挨打了，习惯性地用胳膊抱住头。但是，她却当着所有人的面亲了亲他。

他完全不明白了。他的眼泪落了下来。

"都已经跟你说了，我原谅你了！你是把我当成恶人了吗？"

胡萝卜须抽泣得更厉害了。

"他是傻了吗？别人还以为我要他的命呢。"勒比克夫人对周围被她的仁慈感动的邻居们说道。

她把鱼钩给他们传看，他们都好奇地研究着它。一个邻居断定这是8号钩。渐渐的，她的舌头又可以伶俐地说话了，于是她滔滔不绝地跟大家讲着刚刚发生的惨剧。

　　"啊！要不是我那么爱他的话，当时我恨不得要宰了那个小崽子。这个小鱼钩可不简单啊！我还以为它要把我送上天了呢。"

　　姐姐艾尔奈丝蒂娜建议把它远远埋在花园的一个角落里，挖个坑，再踩实土。

　　"啊！不！"大哥菲力克斯说，"我想用这个钩钓鱼。天哪！一个在妈妈血里浸过的鱼钩，这得多好使呀！我要用它钓很多鱼！像大腿那么肥的鱼！"

　　他摇晃着胡萝卜须，而他的弟弟此刻还处在免于惩罚的震惊之中，处在过度内疚和自责之中，他喉咙深处发出沙哑的呜咽声，正在用大捧的水洗着他那本该挨耳光的脏脸。

银 币

（一）

勒比克夫人："你没丢什么东西吗，胡萝卜须？"

胡萝卜须："没有，妈妈。"

勒比克夫人："你为什么立刻就说没有呢？你都不知道情况。先翻翻你的口袋。"

胡萝卜须（他把口袋都翻了过来，看着那像驴耳朵一样耷拉着的口袋里子）："啊！没错，妈妈！把它还给我吧。"

勒比克夫人："还给你什么？你丢了什么东西吗？我只是随便问你一下，结果被我猜中了！你丢了什么东西？"

胡萝卜须："我不知道。"

勒比克夫人："看吧！你又要说谎了。你已经开始像一条漫不经心的欧鲌鱼一样东拉西扯了。你慢慢回答，你丢了什么？是你的陀螺吗？"

胡萝卜须："没错。我都不记得了。是我的陀螺，是的，妈妈。"

勒比克夫人："不，宝贝，不是你的陀螺。我上周把它给没收了。"

胡萝卜须："那么，是我的小刀。"

勒比克夫人："哪把小刀？谁给了你一把小刀？"

胡萝卜须："没有人给。"

勒比克夫人："可怜的孩子，我们这样下去就没个完了。别人还以为我把你弄得慌了神了呢。可是现在只有我们两个。我在温柔地问你。一个爱他母亲的儿子会坦白一

切。我猜你弄丢了你的银币。我不知道，不过我确信自己
说对了。别否认。你在抽鼻子呢。"

胡萝卜须："妈妈，这枚银币是我的。是周日的时
候，我的教父给我的。我把它弄丢了，真倒霉。这件事虽
然很恼人，但我会安慰自己的。另外，多一枚或少一枚银
币都一样！我不怎么把这件事放在心上。"

勒比克夫人："看你这副高谈阔论的样子！我一个持
家主妇居然在听你说这些。所以，你一点也不在乎这么宠
爱你的教父的辛劳吗？也不在意他知道了会生气吗？"

胡萝卜须："妈妈，我们就想象我把这枚银币花掉
了。难道我要一辈子留着它吗？"

勒比克夫人："够了，你这个装腔作势的家伙！你既
不应该丢失这枚钱币，也不应该在没有得到家里许可的情
况下把它浪费掉。你不再拥有这枚银币了；你得再找一枚
来，造出一枚来，你自己看着办吧！快去，别再跟我讲道
理了。"

胡萝卜须："好的，妈妈。"

勒比克夫人："我不许你再说'好的，妈妈'，不
许你再装模作样了。如果再让我听见你在哼着小调，从牙

齿缝里吹着哨子，学着赶大车的车夫那吊儿郎当的样子的话，你给我当心点。我可从来不吃你这一套。"

（二）

胡萝卜须在花园的小路上踱着步。他叹着气，在这儿找一找，又用鼻子闻一闻。当他发觉他的母亲在观察他时，他就立马站住不动，或者俯身下去，在酸模和沙土里搜索一番。当他觉得勒比克夫人离开了，他就不再找了，开始继续踱步，仰头朝天走着。

这枚讨厌的银币会在哪儿呢？在高高的树上，一个老鸟的巢里面吗？

有时候，漫不经心的人什么东西也不找，却会发现金币。人们总是能看见这种事情。而胡萝卜须趴在地上，用膝盖，用手，翻来拱去，却也没有找出一个别针来。

他走腻了，厌倦了怀抱着这种连自己都不清楚的期待，于是决定干脆不管，回屋去看看他母亲的情况。也许，她已经平静下来；也许，她会说，如果这枚银币找不到了，就放弃吧。

但他没看到勒比克夫人。他轻轻地喊道："妈妈！

喂！妈妈！"

没有人回答。她刚出去了，那张做针线活儿的桌子的抽屉大张着。在一堆羊毛线，针，白色、红色和黑色的线卷中，胡萝卜须看到了几枚银币。

它们好像在那里很久了，沉睡着，从没有被唤醒过似的。从抽屉的这一头到另一头，不知在针线里混着几枚银币。

应该是有三四枚，或者是八枚。很难数清，得把抽屉翻过来，抖抖那些线团才行。这儿到底有多少银币呢？

凭着一股子只有在重大时刻才会产生的念头，胡萝卜须下定了决心，伸长胳膊，拿了一枚银币，便逃走了。

他担心被看到，毫不犹豫，满心悔恨，再也不想冒险回到那张桌子跟前。

他径直往外跑，急得收不住脚步；他跑遍了花园的小路，找了一个地方，在那里"丢了"那枚银币，用鞋跟把它掩进土里，然后趴在地上，鼻子顶着青草，胡乱地爬着。他弄出了几个不规则的圆圈，就好像人们蒙着眼睛在绕着藏起来的东西打转，而那个指挥游戏的人正在边上着急地拍着腿，大喊："小心！快碰到了，快碰到了！"

（三）

胡萝卜须："妈妈，妈妈，我找到它了。"

勒比克夫人："我也是。"

胡萝卜须："怎么回事？它在我这儿。"

勒比克夫人："它在我这儿。"

胡萝卜须："什么！让我看看。"

勒比克夫人："你让我看看。"

胡萝卜须（他出示了他的银币。勒比克夫人也出示了她的银币。胡萝卜须翻来覆去地看着这两个银币，比较着它们，准备着说辞）："这太有趣了。您是在哪儿找到它的，妈妈？我，我是在这条小路边的梨树底下找到的。我在那走了二十趟，最后才看到它。它当时在反着光。我一开始还以为是一块白纸，或是一片发白的紫罗兰花瓣，我都没敢捡起它来。它可能是有天我在草里疯狂打滚的时候从我口袋里掉出去的。妈妈，您弯下腰来，看看这枚狡猾的银币的藏身之处。它可真行，把我弄得这么心烦意乱。"

勒比克夫人："你说的话没问题。我呢，我是在你另外一件短上衣外套里找到的。虽然我总提醒你，可是当你换衣服的时候，你总是忘记清空口袋。我本来是想教你做事要有条理；我让你去找银币是要给你个教训。可是，'寻找的人总能有所收获'这句话真的说对了，现在你拥有了两枚银币，而不只是这一枚了。现在你可是有钱了。结果是好的就是好事，不过我可提醒你，金钱是不会带来幸福的。"

胡萝卜须："好吧，我可以去玩了吗，妈妈？"

勒比克夫人："当然。去玩吧，趁你现在还小。记得带上你的两枚银币。"

胡萝卜须："哦！妈妈，一枚就够了，连这一枚我都想请您保管着，直到我需要花它时再给我。您是个好心的妈妈。"

勒比克夫人："不，亲朋友也得明算账。保管好你的银币吧。这两枚银币都归你——你的教父给你的和梨树下找到的，除非有失主来找它。失主会是谁呢？我真的想不到。你呢，你知道是谁吗？"

胡萝卜须："我发誓，我不知道，我也不在乎，明天再想吧。一会儿见，妈妈，谢谢您。"

勒比克夫人："等一下！会不会是园艺工？"

胡萝卜须："您想要我现在去问他一下吗？"

勒比克夫人："站在这儿，可爱鬼，帮我一起想想。你父亲这么大年纪了，不可能还这样疏忽。你的姐姐会把她存的钱放在存钱罐里。你的哥哥根本没钱可丢，一个苏他都会立刻花掉。想来想去，也许是我丢了钱。"

胡萝卜须："妈妈，我觉得不会；您总是细心地收拾好您的东西。"

勒比克夫人："有时候大人也会像小孩儿一样马虎的。总之，我去看看。反正这是我自己的事。不用再说这件事了。快去玩吧，我的小伙子，别跑太远了，我去看一眼我做针线活儿桌子的抽屉。"

（已经跑开的胡萝卜须突然转过身来，跟在母亲身后走了一阵。终于，他突然冲到她前面，站定，沉默着，把脸颊送了过去）

勒比克夫人（她抬着右手，威胁道）："我知道你在说谎，但是我没想到能到这个程度。现在，你是谎上加慌。这样下去，你一开始只是偷一个鸡蛋，接着就是偷一头牛，然后就要谋害你的母亲了。"

（第一个耳光落在了他的脸上）

LES IDÉES PERSONNELLES

个人想法

晚上临睡前，勒比克先生、大哥菲力克斯、姐姐艾尔奈丝蒂娜和胡萝卜须在壁炉前坐着。炉子里烧着一块树桩子，他们四个都把椅子后腿翘起来，只支着前腿，晃悠着聊天。趁勒比克夫人不在，胡萝卜须说出了一些个人的小想法。

"对于我来说，"他说道，"家庭称谓并不意味着什么。所以，爸爸，您知道我是多么爱您！然而，我爱您，不是因为您是我的父亲，我爱您，因为您是我的朋友。实际上，作为我的父亲，您并没有什么功劳，我认为您给予我的友谊是最崇高的馈赠，这份友谊您不一定非得给我，却又慷慨地给了我。"

"啊！"勒比克先生回复道。

"那么我呢？""我呢？"大哥菲力克斯和姐姐艾尔奈丝蒂娜问道。

"也是一样的道理，"胡萝卜须说，"你们成为我的哥哥和我的姐姐是一种偶然。我为什么要感激你们呢？我们三个都生在勒比克家，这又能怪谁呢？你们也阻止不了这件事。我没有必要为一段并不自愿的血缘关系而对你们心怀感激。我只会感谢哥哥，因为你保护了我；还有姐姐，我感谢你照顾了我。"

"我很乐意的。"大哥菲力克斯说。

"他这些异于常人的想法都是从哪儿来的？"姐姐艾尔奈丝蒂娜说。

"我说的这些，"胡萝卜须补充道，"我是真的这样想，并不是具体指谁，即使妈妈在这儿，我也会当着她面重复一遍。"

"你不会重复第二遍的。"大哥菲力克斯说。

"你觉得我的话有什么不对吗？"胡萝卜须回答道，"你们可不要扭曲我的意思！我不是缺心少肺，我爱你们，比表面上表现出来的还要多。只是这种感情，不是平淡的、本能的、俗套的，而是自觉的、理性的、有逻辑的。有逻辑的，对，我想说的就是这个词。"

"你什么时候才能改掉这个乱用连你自己都不懂的词汇的怪癖呢？"勒比克先生起身准备去睡觉了，"你现在这么小，还自以为是地说教？如果你那去世的祖父听到我说了哪怕四分之一你刚才说的空话，他会立刻给我一脚或是一记耳光，向我证明，我不过是他的儿子。"

"可是总得扯些闲话来打发时间。"胡萝卜须有点担心地说。

"你最好还是闭嘴。"勒比克先生说着拿起一支蜡烛。

他走了。大哥菲力克斯跟着他。

"睡个好觉，老朋友！"他对胡萝卜须说。

接着，姐姐艾尔奈丝蒂娜站起来严肃地说："晚安，亲爱的朋友！"

现在，只剩胡萝卜须一个人留在那儿，一脸茫然。

昨天，勒比克先生建议他学着思考："谁是'人家'？其实并不存在'人家'。人家，并不是指任何一个人。你总是重复你听到的话。试着自己思考一下吧，表达个人的想法，你可以找一个想法来试试看。"

胡萝卜须的第一次尝试就不怎么成功，他把壁炉里的火熄了，把椅子都挨墙放好，跟时钟说了再见，回到了自己的房间。他的房间里有通往地窖的楼梯，所以人们管它叫地窖房。夏天时，这间房间清凉又舒适，野味在这里能储存一个星期，上次打来的野兔就被放在一个大盘子里，现在还从鼻孔往外淌血呢。这里还放着用来喂鸡的盛满了谷粒的篮子，胡萝卜须总是喜欢光着胳膊在里面搅来搅去。

全家人挂在衣帽架上的衣服总是会让他感到害怕，看起来好像是那些要自杀的人——他们在上吊前先仔细地脱掉了鞋，把鞋子整齐地摆在地板上。

但是，这个晚上，胡萝卜须不害怕了。他没有向床

胡萝卜须

底下瞥过一眼。不管是月亮还是暗影，或是花园里那口好像专门为了谁从窗口一跃而下准备的井，都不再使他害怕了。

如果他想着要害怕，他可能就会害怕，但他没再去想这些。他穿着睡衣，都忘了要踮着脚走路，甚至也感觉不到红砖的寒意。

躺在床上，他睁着眼睛看着那用湿石膏做成的瓶子，继续思考着他的那些个人想法，之所以这样说，是因为这些想法只应该留给他自己。

风暴中的树叶

胡萝卜须满怀遐想地观察着白杨树最顶端的那片叶子已经很久了。

他空想着，等着它摇晃那么一下。

它好像和树是分开了似的，独自生长着，没有叶茎的牵挂，自由自在。

每天，它第一个披上朝阳金色的霞光，又最后一个褪下夕阳金色的余晖。

正午过后，它就像死了一般静止不动，就好像是一片阴影而不是一片树叶。胡萝卜须失去了耐心，开始烦躁不安。这时，终于，它动了。

在它下面的一片树叶也有了动静。其他的叶子们跟着，把这片动静传播给邻近的叶子们，又很快地扩散出去。

这是一个警报。因为，在地平线上，一朵圆帽形的阴云若隐若现。

白杨树开始颤抖了！它试图摇晃身体，把这些让它感到不适的沉重气团抖掉。

它的不安感染了山毛榉、橡树及许多栗子树，园子里的所有树木都在用肢体语言互相提醒着，天空中那团圆帽形的乌云变大了，它那清晰的、阴沉的边缘正向前推进着。

起初，它们晃动着细枝，鸟儿们也安静下来了——那嗓音清脆的时不时叫一声的乌鸫，那胡萝卜须刚刚还看到扭着色彩斑斓的脖子的、发出一阵咕咕声的斑鸠，那拖着长尾巴的惹人烦的喜鹊，现在都安静了。

随后，它们粗壮的树枝也开始摇晃起来，好像在恐吓敌人。

那团圆帽形的阴云还是继续慢慢地入侵着。

它一点一点地罩住了天空，击退了碧蓝，堵住了空气流入的窟窿，一心要让胡萝卜须窒息。有时候，它看上去好像被自身的重量所拖累，要朝着村庄坠落下去似的；可是它却恰好停在了钟楼的尖顶上方，又生怕它会把自己戳破。

它离得如此之近，再无需其他挑衅，已经引发了恐慌，嘈杂的声音四下而起。

树木们茂密的枝叶杂乱地摇晃着，搅在一起，胡萝卜须想象着在这树林深处一定有很多鸟窝，窝里露出圆圆的眼睛和白色的鸟嘴。树顶沉下去又抬起来，就像突然被惊醒的脑袋一样。叶子成堆地被刮走，一会儿又飞了回来，它们胆小而老实，想再挂回树上。细小的刺槐叶子在叹息，树皮剥落的桦树叶子在抱怨，栗子树叶子在呼啸，蜷伏在墙上的马兜铃噼啪作响。

稍低一些，矮壮的苹果树把苹果都摇了下来，砸到地上发出闷响。

再低一些，醋栗淌出红色的汁水，黑加仑则流着墨水一样的黑汁。

再往低处，卷心菜就像喝醉了一样晃着它们驴耳朵形的叶子，那些拔得老高的洋葱相互撞击着，折断了装满种子的鳞茎。

为什么呢？它们怎么了？这是什么意思？没有打雷，没有下冰雹，没有一道闪电，没有一滴雨点。可是，这高悬在上的黑暗风暴，这大白天里无声的暗夜让它们害怕，让胡萝卜须害怕。

现在，这个圆帽形的阴云已经完全在太阳下铺展开来，好像给太阳戴上了一个面罩。

它在移动，胡萝卜须知道；它在滑动，它是由浮云组成的；它会飘走，而他会重见到太阳。可是现在，它不但遮住了整个天空，还压住了他的脑袋，他的额头。他闭上眼睛，而它沉重地盖在他的眼皮上。

他又把手指塞进耳朵里。可是风暴已经进入了他的身体，由外而内的，裹挟着它的狂吼和旋涡。

它卷走他的心，就像从街上卷起一张纸片一样。

它把这颗心揉皱，搓圆，捏小。

不一会儿，胡萝卜须就只剩下个小球一样的心了。

造反

（一）

勒比克夫人："我亲爱的小胡萝卜须，你乖乖去磨坊给我买一斤黄油回来。快点跑。我们等着你吃晚餐。"

胡萝卜须："不，妈妈。"

勒比克夫人："为什么你回答说'不，妈妈'？我们等着你呢。”

胡萝卜须：“不，妈妈。我不去磨坊。”

勒比克夫人："什么！你不去磨坊？你在说什么？谁让你这么说的？……你是不是在做梦？"

胡萝卜须：“不，妈妈。”

勒比克夫人："好吧，胡萝卜须，我不跟你磨叽了。我命令你立刻去磨坊买一斤黄油来。"

胡萝卜须：“我听见了。我不会去的。”

勒比克夫人："所以，现在是我在做梦吗？发生什么事了？你人生里第一次拒绝服从我。"

胡萝卜须：“是的，妈妈。”

勒比克夫人：“你拒绝服从你母亲的命令。”

胡萝卜须：“我母亲的命令，是的，妈妈。”

勒比克夫人："我倒想看看你会怎么样。你能去吗？"

胡萝卜须：“不能，妈妈。”

勒比克夫人：“你能不能闭嘴，给我滚？”

胡萝卜须：“我会闭嘴，但不会滚。”

勒比克夫人：“你还不拿着这个盘子赶紧走？”

（二）

胡萝卜须不说话了，他一动不动。

"这里造反啦！"勒比克夫人挥着手臂，对着楼梯喊道。

这次确实是胡萝卜须第一次对她说"不"。如果是她打扰到了他，也还行！如果他当时正在玩耍，也还说得过去！可是，他当时就坐在地上，无所事事，鼻孔朝天，闭目养神。现在他盯着她，高昂着头。她搞不明白了。她像寻求帮助似的，叫家人们都过来看。

"艾尔奈丝蒂娜，菲力克斯，有新鲜事啦！快去叫你们父亲和阿加特一起来看看。人越多越好。"

甚至，连街上的过路人都停下来围观了。

胡萝卜须远远地站在院子的中央，他对于自己面对危险还能如此坚定而感到惊讶，但他更惊奇于勒比克夫人竟然忘记了打他。这一刻，事态如此严重，以至于她无计可施。她看到他尖锐而灼热的目光，放弃了自己惯用的恐吓伎俩。不过，尽管她在克制自己，但她内心的怒气还是冲开了紧闭的嘴唇，发出一连串的声音。

"我的朋友们，"她说，"我刚才礼貌地请胡萝卜须帮我一个小忙，请他一边散步，一边去磨坊。猜猜看，他是怎么回复我的，你们问问他自己，否则，你们还会以为是我在瞎编呢。"

每个人都猜中了，胡萝卜须的态度已经说明了一切。

温柔的艾尔奈丝蒂娜走上前，轻轻地在他耳边说："当心点儿，你会遭殃的。服从吧，听爱你的姐姐的话。"

大哥菲力克斯感觉自己在看戏。他是不会把自己的位置让给任何人的。他一点也没想过如果胡萝卜须从此解脱了，那么一部分差事就会理所应当地落到他的头上。他还有点鼓励他这么做的意思。昨天，他还看不起他，把他当作胆小鬼。今天，他平等地看待他，尊重他。他蹦蹦跳跳，十分开心。

"既然这个颠倒的世界已经到头了，"勒比克夫人震惊地说，"我就不再管了。我退出。该让别人说句话来管教管教这个凶猛的畜生了。现在，儿子和老子都在场。让他们自己解决吧。"

"爸爸，"身处危机之中的胡萝卜须哽咽着说，因为他还不太习惯这种反抗，"如果是你让我去磨坊买一斤黄油，我会为你去的，只为你去。但我拒绝为我的母亲去。"

然而，这种偏爱好像并没有让勒比克先生感到开心，更多的是尴尬。因为这样一来，他就不太好施展他的权威了，现在一群人都在等着看他为了这一斤黄油去教育胡萝卜须呢。

他有点不太自在，于是，在草地上走了几步，耸了耸肩膀，转过身，进屋去了。

这件事情暂时地告一段落了。

最后的话

　　晚上，勒比克夫人因为气病了躺在床上没有吃饭。大家用餐时都很安静，不光是习惯性地沉默，更多的是因为尴尬。用餐结束时，勒比克先生把餐巾卷起来，扔到桌上，说道："没人跟我出去散步吗，沿着老路一直走到比吉尼翁山顶上去？"

　　胡萝卜须知道勒比克先生是在用这种方式邀请自己。

他也站起身来，像往常一样把椅子对着墙放好，然后乖乖地跟着他的父亲出去了。

一开始，他们一言不发地走着。一场不可避免的责问并没有马上发作。胡萝卜须在脑子里猜想着那个问题，并且练习着怎么回答。他准备好了。他已经因这件事深受震撼，他一点也不后悔。白天，他已经经历过如此激烈的情绪波动以至于他不担心再经历更猛烈的。此外，勒比克先生的谈话语气也让他很放心。

勒比克先生："你还等什么，怎么不向我解释你今天让你母亲伤心的这种行为？"

胡萝卜须："我亲爱的爸爸，我犹豫很久了，但是是时候结束了。我承认：我不再爱妈妈了。"

勒比克先生："啊！因为什么事呢？从什么时候开始的？"

胡萝卜须："因为所有的事。自从我认识她那天起。"

勒比克先生："啊！我的孩子！至少告诉我她对你做了什么吧。"

胡萝卜须："这得说很久很久。不过，您什么也没察觉到吗？"

勒比克先生：“察觉到一点，我注意到了你经常赌气。”

胡萝卜须：“听到别人说我赌气，我就更恼火了。自然，胡萝卜须是不会真记仇的。他常常赌气。随他去吧，等他气完了，他就从角落里出来了，平静了，开心了。不要表现出你们关心他的模样。这并没什么要紧的。我请您原谅，我的爸爸。这对于父亲们、母亲们和陌生人们来说不会要紧。有的时候，我承认，我看起来是在赌气，但是我跟您说，有时我全身心都在狂怒，我真的忘不掉所受的冒犯和伤害。”

勒比克先生：“忘掉吧，忘掉吧，你会忘掉这些冒犯和伤害的。”

胡萝卜须：“不会，不会的。您什么都不知道，您在家里待的时间太少了。”

勒比克先生：“我不得不为了生计奔波。”

胡萝卜须（满足地）：“生意是生意，我的爸爸。您的操心事让您操劳，而妈妈，可以这么说，除了我没有别的狗可以打。我克制着自己不去怪您。当然，我知道只要向您告状，您就会保护我的。既然您问了，我会一点一点地把过去的所有事都告诉您。那时，您就会知道我是夸张，还是记性好。不过现在，我的爸爸，我请您给我个建议。我想和我的母亲分开。您认为，哪种是最简单的方法？"

勒比克先生："你一年只在放假的时候会见到她两次。"

胡萝卜须："您应该允许我在假期时寄宿，待在学校里，我会进步的。"

勒比克先生："这是留给穷学生的待遇。人们会以为我把你抛弃了。另外，不要只想着你自己。对我来说，我也会想念你。"

胡萝卜须："您可以来看我，爸爸。"

勒比克先生："见你一面的专程旅费可不少钱呢，胡萝卜须。"

胡萝卜须："您可以利用出差的机会，顺道过来看我。"

勒比克先生："不。一直以来，我对待你和你的哥哥姐姐都是一视同仁的，我不会偏心任何一个孩子。我还会继续这样做的。"

胡萝卜须："好吧，那就让我辍学吧，别让我寄宿了，就说我偷了您的钱，让我选一个行当做工去吧。"

勒比克先生："哪个行当？比方说，你希望我把你放在一个鞋匠那里当学徒吗？"

胡萝卜须："哪里都行。只要我能挣钱养活自己，我就会自由了。"

勒比克先生："太迟了，我可怜的胡萝卜须。我为了你的教育已经花了很多的钱，难道就是为了让你去钉鞋底子吗？"

胡萝卜须："可是如果我告诉您，爸爸，我曾经试图自杀过呢？"

勒比克先生："你胡说！胡萝卜须！"

胡萝卜须："我跟您发誓，就在昨天，我还想上吊呢。"

勒比克先生："可你现在还在这里，所以你根本不想死。不过，以后当你想起这次失败的自杀，你就可以骄傲地抬起头来。你以为死亡只诱惑过你一个人吗？胡萝卜须，自私会让你迷失的。你给自己找了那么多借口，你以为世界上只有你一个人孤零零的吗？"

胡萝卜须："爸爸，我的哥哥是幸福的，我的姐姐也是幸福的，如果妈妈不是以戏弄我取乐，就像您所说的，我就自认说错了。至于您，您在家里是主人，大家都怕您，连我母亲也是。她一点也不能妨碍您的幸福。这说明了，世界上是有幸福的人的。"

勒比克先生："你这个固执的小孩儿，你的理论全都靠不住。你能看清人们内心深处的感情吗？你已经知道所有的事情了吗？"

胡萝卜须："与自己相关的事情，是的，我全都了解。爸爸，至少我是努力去了解的。"

勒比克先生："好吧，胡萝卜须，我的朋友，放弃幸福吧。我先告诉你，你以后不会比现在更幸福的，绝不会，不会。"

胡萝卜须："可能吧。"

勒比克先生："你现在要学会顺从和妥协，睁一眼闭一眼，直到你成年，能主宰自己命运了，你那时候就会获得自由了，可以和我们断绝关系，自立门户，或者改变你的性格和脾气。但是在那之前，你要试着尽量抑制你的敏感，观察其他人，那些你身边的人；你会觉得有趣的，我保证，你会从中得到意想不到的安慰。"

胡萝卜须："没错，其他人也有他们的苦恼。不过，我明天再同情他们吧。我今天要为我自己讨个公道。谁的命运不比我的好呢？我有一个母亲。这个母亲不爱我，而我也不爱她。"

"那我呢，你以为我爱她吗？"不耐烦的勒比克先生突然说道。

听到这话，胡萝卜须抬眼看向他的父亲。他凝望着他那坚毅的脸庞、浓密的胡须和好像因为说了太多话而感到羞愧的嘴巴；他的额头、眼角满布皱纹，眼睑低垂，这让他走路的时候看上去都像在睡觉似的。

此刻，胡萝卜须不再说话了。他害怕他这秘密的快乐和他用力抓紧的大手都会离他而去。

随后，他握起拳头，冲着山下那边在黑暗里匍匐着的村庄威胁着，大声喊道："坏女人！你可是坏事做尽了。我讨厌你。"

"不要说了，"勒比克先生说，"她终究是你的母亲。"

"哦！"胡萝卜须重又变得单纯而谨慎，"我不是因为她是我的母亲才这么说的。"

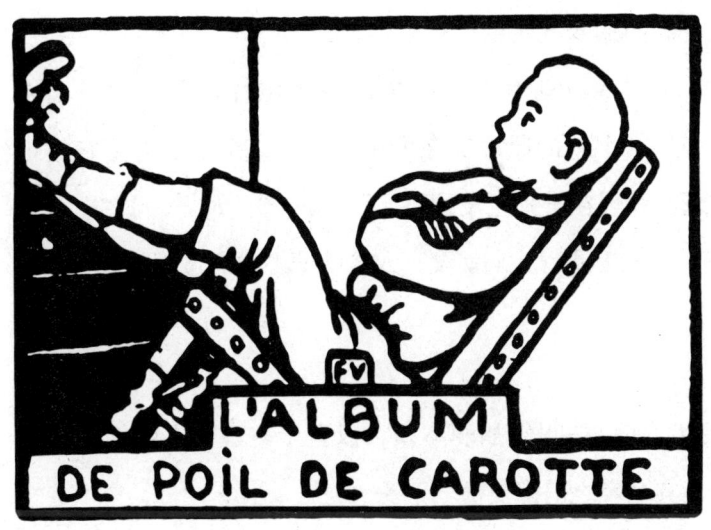

胡萝卜须的故事集

（一）

如果有一个陌生人翻看勒比克一家的相册，他肯定会惊讶的。他能看到姐姐艾尔奈丝蒂娜和大哥菲力克斯各种各样的照片，有站着的，有坐着的，有穿戴整齐的，有随意的，有开心的，有皱眉头的，拍照背景都被精心装饰过。

而胡萝卜须呢？

"我以前有他小时候的几张照片，"勒比克夫人
说，"但他的照片实在太可爱了，以至于别人把它偷走
了，我现在一张也没留下。"

真相是，从来就没有人给胡萝卜须照过相。

（二）

他总被叫作胡萝卜须，以至于家里人在叫他受洗的
真实名字之前都要愣一下。

"您为什么叫他胡萝卜须呢？是因为他的头发发
黄吗？"

"他的灵魂更黄。"勒比克夫人说。

（三）

其他奇怪的特征：

胡萝卜须的脸让人一看就讨厌。

胡萝卜须的鼻子就像鼹鼠掘洞时拱起的小土堆。

胡萝卜的耳朵里总有一些面包皮，再怎么掏也
一样。

胡萝卜须会把雪放在舌头上融化，吃掉。

胡萝卜须不好好走路，走路时脚踝会碰在一起，人们还以为他是瘸子。

胡萝卜须的脖子上有一层黑乎乎的泥垢，好像戴着一条项圈似的。

最后，胡萝卜须的口味很古怪，闻不出一点麝香味。

（四）

他每天第一个起床，和保姆一样早。在冬天的早晨，他天没亮就跳下床，用手来看时间，用手指头拨动指针。

当咖啡和热巧克力准备好了时，他就用拇指随便蘸一点吃。

（五）

当有人把他介绍给别人时，他会扭过头去，把手从背后伸出来，一副厌烦的样子，屈着腿，挠墙玩。

如果有人跟他说："你想跟我来个贴面礼吗，胡萝卜须？"

他会回答："哦！没这个必要！"

（六）

勒比克夫人："胡萝卜须，当别人跟你说话的时候，你要回答。"

胡萝卜须："西，莫莫。①"

勒比克夫人："我好像已经告诉过你了，小孩子不能在满口食物的时候张嘴说话。"

（七）

他总是忍不住要把手放进口袋里。勒比克夫人一靠近，他就立刻把手抽出来，可还总是有点迟。总有一天，她会把他的手缝在口袋里的。

（八）

"不管别人对你做什么，"教父和蔼地对他说，

---

① 原话是"是，妈妈"。

"你说谎都是不对的。这是个恶习，而且也是无用的，因为人们早晚都会知道。"

"没错，"胡萝卜须说，"但是我争取了一些时间。"

（九）

懒惰的大哥菲力克斯终于毕业了。

他伸着懒腰，悠闲地嘘了口气。

"你的爱好是什么？"勒比克先生询问道，"你已经到了能谋生的年龄了。你想做什么？"

"什么！又来了！"大哥菲力克斯说。

（十）

大家在一起玩游戏。

问题都集中在贝尔特小姐的身上。

"因为她有双蓝眼睛。"胡萝卜须说。

大家起哄道："好美！真是个殷勤的诗人！"

"哦！"胡萝卜须说道，"其实，我都没有看过这双眼睛。我说这句话就像我说其他事一样。这是一种客套，一种修辞手法。"

（十一）

在玩打雪仗时，胡萝卜须自己一伙。他令人畏惧，威声远扬，因为他会在雪球里面放上石头。

他瞄着人的脑袋砸：这样能更快结束战斗。

当地面结冰了，大家都滑冰时，他就在冰场边上的草地上为自己建一条小滑冰道。

玩跳山羊时，他喜欢在下面当山羊，就这样一直待着就行了。

玩捉人游戏时，他总是被人随意捉住，被关起来，失去自由也毫不在意。

玩捉迷藏时，他总是藏得太好，以至于大家都把他忘了。

（十二）

孩子们在比身高。

一眼看过去，大哥菲力克斯比其他人都高出一头，不用参赛了。姐姐艾尔奈丝蒂娜和胡萝卜须并排站在一起，虽然她是个女孩儿。在姐姐艾尔奈丝蒂娜踮起脚时，胡萝卜须却为了不想让她伤心，故意略微缩起了身子，想让姐姐看起来比自己明显高出一头。

（十三）

胡萝卜须给了仆人阿加特这个建议："您如果想和勒比克夫人相处好，就在她面前说我不好。"

不过，这也得有个限度。

勒比克夫人不容许别人碰胡萝卜须。

一个女邻居正在威胁胡萝卜须，勒比克夫人跑了过来，勃然大怒，拯救了她的儿子。她的儿子满脸感激。

"现在，该我们算账了！"她对他说。

（十四）

"爱抚！这是什么意思？"胡萝卜须向被妈妈宠爱的小皮埃尔问道。

在大致明白后，他叫道："我啊，我想要的只是可以把手伸到盘子里抓薯条吃，还有，就是吃有核的那一半桃子。"

胡萝卜须

他思索了一下："如果勒比克夫人要像吃了我一样地爱抚我，她一定会从鼻子开始。"

（十五）

有时候，姐姐艾尔奈丝蒂娜和大哥菲力克斯玩腻了自己的玩具，会主动把它们借给胡萝卜须。胡萝卜须便从他俩的幸福中，小心翼翼地拼凑出了自己的幸福。

但是他从来不敢表现出玩得太开心的样子，他担心他们又把玩具要回去了。

（十六）

胡萝卜须："好吧，你不觉得我的耳朵太长了吗？"

马蒂尔德："我觉得它们很好玩。你能把它们借给我吗？我想把沙子装在里面来做肉酱。"

胡萝卜须："如果妈妈事先把我的耳朵点着了的话，肉酱不就会在里面煮烂了吗？"

（十七）

"你停下！让我再听见你说话试试！你爱你的父亲胜过爱我？"勒比克夫人逢人就这样说。

"我就待在这儿，我什么也不说，我发誓，我对你们俩都不怎么爱。"胡萝卜须在心里回复道。

（十八）

勒比克夫人："胡萝卜须，你在做什么呢？"

胡萝卜须："我不知道，妈妈。"

勒比克夫人："也就是说，你又在做一件蠢事了。所以，你是故意这么做的吗？"

胡萝卜须："又来了。"

（十九）

胡萝卜须以为他的母亲正在对他微笑，他受宠若惊，于是也跟着微笑。

可是勒比克夫人只是在凭空地自个儿傻笑，突然，她脸一黑，一块黑木头似的脸上活像嵌着两颗黑加仑。

胡萝卜须吓了一跳，狼狈得不知躲到哪里去好。

（二十）

"胡萝卜须，你能不能笑得礼貌些，不要那么大声？"勒比克夫人说。

"当你哭时，应该知道为什么哭。"她说。

她还说："你们想让我怎么办呢？扇他一巴掌？他都掉不出一滴眼泪来。"

（二十一）

她还说："如果空气中有一个污点，路上有一摊粪便，那都是为他准备的。"

"当他的脑子里好不容易有个什么主意，总是有头无尾。"

"他是如此自负，甚至会用自杀来吸引别人的注意。"

（二十二）

胡萝卜须确实想用一桶凉水自杀，他英勇地把鼻子和嘴埋进水里，这时，一个教士走过，用靴子踢翻了水桶，把胡萝卜须救了回来。

（二十三）

有时，勒比克夫人会这样评价胡萝卜须："他就和我一样，没有心计，是傻而不是坏，他屁股沉得都不会去打架。"

有时，她又很乐意承认说，如果小猪们不把他吃了，他以后一定会成为个高贵且富有的人。

（二十四）

"如果哪天，"胡萝卜幻想道，"有人像对待大哥菲力克斯一样，给我一个木马作为新年礼物，我会立刻骑上它逃走。"

（二十五）

在外面，为了证明自己什么都不在乎，胡萝卜须老爱吹口哨。但是当勒比克夫人看见他时，他的哨声就断了。这真的很痛苦，就好像一只用一个苏买来的小哨子在他的嘴巴里被人掰断了。

然而，只要承认自己打嗝了，她就会随他去了。

（二十六）

他成了父亲和母亲之间的连字符了。勒比克先生说："胡萝卜须，这件衬衫上少了一颗纽扣。"

胡萝卜须便把这件衬衫拿给勒比克夫人，她对他说："我需要你来指使我吗，傻瓜？"不过，她还是拿过针线篮开始缝补上一颗纽扣。

（二十七）

"如果你的父亲不在了，"勒比克夫人叫道，"你早就用这刀子给我心脏一下子，把我抛到草垛上去了。"

（二十八）

"擦擦你的鼻子。"勒比克夫人时时刻刻这样说。

胡萝卜须不知疲倦地用衣服的褶边擦着鼻涕。袖子变得皱巴巴的，他就再重新抻平整。

是的，当他感冒了，勒比克夫人会给他涂上蜡烛油，把他弄得脏脏的，可是姐姐艾尔奈丝蒂娜和大哥菲力克斯居然开始嫉妒他。于是，她会专门加上一句话给他听："这与其说是一件坏事，还不如说是好事呢。这可以让脑子清醒一下。"

（二十九）

因为勒比克先生从早上起就一直逗弄他，一句让人意想不到的话突然就从胡萝卜须的嘴里冒了出来："让我静静，蠢货！"

他感觉周围的空气好像凝固了，眼睛里有两股灼热涌出。

他结巴了，不等勒比克先生有什么动作，他就已经想找个地缝钻进去了。

可是勒比克先生就那样望着他，没有任何动作。

（三十）

姐姐艾尔奈丝蒂娜要结婚了。勒比克夫人允许她和未婚夫在胡萝卜须的监视下一起散步。

"你去前面走吧，"她说，"去玩吧！"

胡萝卜须去他俩前面走着。他蹦蹦跳跳着，跑得远远的，如果他突然放慢了脚步，他就会听到一阵啧啧的亲嘴声。

他咳嗽了几声。

这真让他心烦意乱。突然间，他发现自己已经走到村里的大十字架前，他把帽子扔在地上，用脚踩着，喊道："而我，永远也不会有人爱我！"

就在这个时候，耳朵好使的勒比克夫人从墙后面站起身来，嘴角露出一丝可怕的微笑。

于是，胡萝卜须就得发狂地补上一句："除了妈妈。"